Die drei ???®
Gefahr im Verzug

cbj

DIE SERIE

??? »Drei Fragezeichen« – das ist das Symbol des wohl bekanntesten Junior-Detektivteams der Jugendliteratur. War die Aufklärung geheimnisvoller, oft gefährlicher Kriminalfälle für Justus, Bob und Peter aus Rocky Beach in Kalifornien zunächst nur ein Zeitvertreib, so hat sich daraus nach und nach eine ernsthafte Nebenbeschäftigung für freie Stunden und Schulferien entwickelt. Ihre Zentrale, einen ausrangierten Campingwagen, haben die drei mit Telefon, Tonbandgerät, Fotolabor, Periskop und mancherlei selbst gebastelten Apparaten eingerichtet, die ihnen modernste Ermittlungstechniken ermöglichen. Doch jeder Fall erfordert vorwiegend Köpfchen, Ausdauer und Mut – und ohne Justus' Superhirn, Bobs Forscherdrang und Peters Sportsgeist kämen die drei trotz ihrer technischen Ausrüstung nicht zum Ziel.

Von den drei ??? sind als cbj Taschenbuch erschienen:

Die drei ??? und der magische Kreis (20499) · **Die drei ??? und der weinende Sarg** (20471) · **Die drei ??? und der verrückte Maler** (20545) · **Die drei ??? und der Höhlenmensch** (21022) · **Die drei ??? – Die Schattenmänner** (21751) · **Die drei ??? und die Perlenvögel** (20583) · **Die drei ??? und der gestohlene Preis** (20582) · **Die drei ??? und die Musikpiraten** (20580) · **Die drei ??? und der Schatz im Bergsee** (20713) · **Die drei ??? – Späte Rache** (21752) · **Die drei ??? und der Automarder** (20765) · **Die drei ??? und das Geheimnis der Särge** (20768) · **Die drei ??? – Der rasende Löwe** (21755) · **Die drei ??? – Angriff der Computerviren** (21753) · **Die drei ??? und der Spuk im Hotel** (20993) · **Die drei ??? und die Fußballgangster** (21020) · **Die drei ??? – Schüsse aus dem Dunkel** (21756) · **Die drei ??? und der lachende Schatten** (21138) · **Die drei ??? und der Ameisenmensch** (21141) · **Die drei ??? und der Teufelsberg** (21180) · **Die drei ??? und der Zauberspiegel** (21181) · **Die drei ??? – Die singende Schlange** (21754) · **Die drei ??? – Der Doppelgänger** (21858) · **Die drei ??? – Geheimsache Ufo** (21185) · **Die drei ??? – Das Gold der Wikinger** (21859) · **Die drei ??? und der Nebelberg** (21371) · **Die drei ??? im Bann des Voodoo** (21372) · **Die drei ??? und der Dopingmixer** (20546) · **Die drei ??? – Das Erbe des Meisterdiebs** (21373) · **Die drei ??? und die Karten des Bösen** (21370) · **Die drei ??? und die Schlucht der Dämonen** (27071) · **Die drei ??? und die Villa der Toten** (21715) · **Die drei ??? – Der schrullige Millionär** (21759) · **Die drei ??? – Der Feuerturm** (21746) · **Die drei ??? – Die bedrohte Ranch** (21760) **Die drei ??? – Panik im Park** (21739) · **Die drei ??? – Der verschwundene Filmstar** (21737) · **Die drei ??? – Der schwarze Skorpion** (21740) · **Die drei ??? – Der geheime Schlüssel** (21741) · **Die drei ??? – Die Musik des Teufels** (21742) · **Die drei ??? – Spur ins Nichts** (21743) · **Die drei ??? – Die rätselhaften Bilder** (22080) · **Die drei ??? – Das Bergmonster** (22079) · **Die drei ??? – Der heimliche Hehler** (22081) · **Die drei ??? – Der giftige Gockel** (22082) · **Die drei ??? – Der riskante Ritt** (22074)

Als Doppelbände sind erschienen:

Die drei ??? und der Karpatenhund/Die drei ??? und das Narbengesicht (20040) · **Die drei ??? Der verrückte Maler/Die drei ??? Die Perlenvögel** (22132) · **Die drei ??? Der lachende Schatten/Die drei ??? Die Silbermine** (22133) · **Die drei ??? Geheimsache Ufo/Die drei ??? Der höllische Werwolf** (22169) · **Die drei ??? Der Nebelberg/Die Automafia** (22219)

Weitere Titel der Serie sind in Vorbereitung.

Die drei ???®
Gefahr im Verzug

Erzählt von Peter Lerangis

nach einer Idee
von Robert Arthur

Aus dem Amerikanischen
von Eva Riekert

cbj

cbj
ist der Kinder- und Jugendbuchverlag
in der Verlagsgruppe Random House

MIX
Papier aus verantwortungsvollen Quellen
FSC
www.fsc.org
FSC® C014496

Verlagsgruppe Random House FSC-DEU-0100
Das für dieses Buch verwendete
FSC®-zertifizierte Papier *München Super Extra*
liefert Arctic Paper Mochenwangen GmbH.

1. Auflage
Erstmals als cbj Taschenbuch September 2011
Gesetzt nach den Regeln der Rechtschreibreform

Übersetzung: Leonore Puschert
Umschlagbild: Thilo Krapp
Umschlaggestaltung: knaus. büro für konzeptionelle
und visuelle identitäten, Würzburg
MI · Herstellung: CZ
Satz: Uhl + Massopust, Aalen
Druck und Bindung: GGP Media GmbH, Pößneck
ISBN: 978-3-570-22082-5
Printed in Germany

www.cbj-verlag.de

Inhalt

Ein denkenswerter Auftritt

»Lass die Finger davon, Justus!«, warnte Peter Shaw. Er warf Justus Jonas über den Tisch weg beschwörende Blicke zu. Peters Freundin, Kelly Madigan, griff nach seinem Arm und schüttelte traurig den Kopf. »Du bist zu jung zum Sterben, Jus.«

»Gibt's einen Arzt in diesem Laden?«, fragte Bob Andrews.

Er warf einen Blick in die Runde der restlos überfüllten Vollwertkneipe im Einkaufszentrum von Rocky Beach, die gerade voll im Trend lag. Auf seinem sonnengebräunten Gesicht spiegelte sich die Leuchtschrift *Bud's Reformkost,* die über einer Videowand mit Monitoren erstrahlte. Die Bildschirme zeigten alte Filmserien, und die eingeblendeten Lachsalven schienen sich über Bobs Besorgnis lustig zu machen.

Justus zog eine Augenbraue hoch. Er wandte seinen vorwurfsvollen Blick von Bob und Peter ab. Die Sommerferien waren fast zu Ende, und er wollte jede verbleibende Minute genießen. Außerdem, er war schließlich der Gründer der ??? – des erfolgreichsten Detektivteams in Rocky Beach, Kalifornien – und er musste eine gewisse Würde an den

Tag legen. Auch wenn die anderen sich mal wieder über seine Diät lustig machten.

Er stopfte die hervorquellenden Luzernensprossen in den kalten Sojaburger – die Spezialität des Hauses – zurück. Aber nur übereifrige Diätfanatiker wie Justus bestellten sich so etwas. »Und ob ich ihn essen werde«, sagte Justus bestimmt und fuchtelte begeistert mit seinem Sojaburger herum. Ein orangefarbener Klecks Ingwer- und Klettenwurzelsoße tropfte aus der schrumpeligen gräulichen Masse zwischen den Brötchenhälften und lief an seinem Arm entlang.

Justus tat so, als ob er nichts merkte. »Und ich lass es mir schmecken, da könnt ihr mich aufziehen, so viel ihr wollt.«

Mit einem Ausdruck, der gleichermaßen verletzt und selbstgerecht wirkte, hob der stämmige Junge den Burger an die Lippen. Nicht einen Funken von Unwillen verrieten seine Augen, als er hineinbiss.

»Der bringt das echt!«, flüsterte Bob ungläubig.

Peter schüttelte seine athletischen Schultern und stöhnte. »Super Diät, Justus«, sagte er und schob seinen Cheeseburger beiseite. »Du isst, ich nehm ab. Wenn ich dir bloß zuschau, vergeht mir der Appetit.«

»Ammm memmngrm«, mampfte Justus. Er schluckte schnell, räusperte sich und versuchte es wieder: »Also wirklich. Ihr drei seid so … so amerikanisch. Eine makrobiotische Diät ist die perfekte

Kombination von Yin und Yang, die natürlichste Ausgewogenheit in der Ernährung. Von diesem Zeug haben die östlichen Zivilisationen Jahrhunderte gelebt.«

»Sieht auch mindestens so alt aus«, sagte Bob.

Eine laute Lachsalve ersparte Justus die Antwort. Er schaute sich um und sah eine Gruppe von ungefähr zehn Leuten um einen runden Tisch sitzen. Sie lachten sich kaputt über eine Fernsehshow, die auf dem Monitor über ihnen lief. Sein Blick streifte den Monitor, und er murmelte: »Oh nein, bitte nicht das …«

»Was denn?«, fragte Kelly.

Lustlos spießte Justus eine warme Hafer-Kleie-Krokette mit seiner Gabel auf. »Na, das Video da.«

»Hey, das sind doch *Die kleinen Strolche,* die Show, die unseren Justus Jonas zum Liebling der Nation gemacht hat!«, sagte Bob grinsend.

Der Name der Fernsehshow ließ Justus zusammenzucken. Es war Ewigkeiten her – vierzehn Jahre, um genau zu sein – dass Justus bei den *Kleinen Strolchen* als Kinderstar aufgetreten war. Eine herrliche Sache damals. Er hatte nur sich selbst spielen müssen, einen altklugen Dreijährigen mit dem Wortschatz eines College-Abgängers. Irgendwie war es ihm ohne jegliche Anstrengung gelungen, die Leute zu brüllendem Gelächter zu bewegen.

Jetzt, als Teenager, wusste Justus, warum. Ein Blick auf den dicken, altklugen kleinen Kerl sprach

Bände: Sie lachten sich über ihn tot. Im Showgeschäft hieß das: Er war eine Witzfigur.

Aus dem Augenwinkel sah Justus, wie ein zehnjähriger Quälgeist hinter dem kleinen Justus die Szene betrat. Mit unheilverkündendem Grinsen verteilte der ältere Junge sorgfältig Klebstoff auf dem Stuhl, auf den sich Justus gleich setzen würde.

»Jawoll, eine schöne, dicke Schicht!«, sagte jemand am Tisch und deutete auf den Monitor.

»Das reicht«, verkündete Justus und schob sein Essen beiseite. »Zeit zum Gehen.«

»Sekunde. Das ist doch Buzz Newman.« Bob nickte zu dem runden Tisch hinüber. »Ist Schlagzeuger in einer Band von Sax. Schwer in Ordnung.« Er stand auf. »Los, ich mach euch bekannt!«

»Aber… aber«, stotterte Justus, während Peter und Kelly aufstanden und Bob an den Nachbartisch folgten. Andauernd lief Bob irgendwelchen Rockmusikern, die er kannte, über den Weg. Blond, gut aussehend, adrett gekleidet, sah man ihm den typischen Rockfan nicht gleich an. In seiner Freizeit jobbte Bob für Sax Sendler, Inhaber der Musikagentur Rock-Plus für talentierte Nachwuchsmusiker. Deshalb kannte er die heißesten Musiker der ganzen Gegend.

Aber konnte er nicht wenigstens heute an diesem Typ vorbeigehen?, fragte sich Justus. Er zwang sich, erhobenen Hauptes aufzustehen. Unmöglich, dass ihn jemand von dem Tisch erkennen würde…

»Du warst schon damals ein Schmierenkomödiant!«, rief ein rothaariger Typ aus der Tafelrunde.

Justus wurde bleich. Aber der Sprecher sah einen anderen an. Ihm gegenüber saß ein gut aussehender junger Mann mit feinen Zügen und lachte verlegen.

»Hey, was gibt's Neues, Buzz?«, rief Bob dem rothaarigen Spötter zu.

Buzz wandte sich um und grinste. »Hallo, Bob! Setz dich. Wir begutachten gerade das Fernsehdebüt von unserem Freund George.«

»Mann, hör auf«, bat ihn sein Kumpel. »Diese Jungs kennen mich doch gar nicht.«

Kelly, die ihn genau angeschaut hatte, rief: »Hey, ich hab gestern Abend ein Interview im Fernsehen mit dir gesehen. Du bist doch der Star in dem neuen Musical im Garber Theater!«

Er nickte, und seine blauen Augen strahlten. *»Gefahr im Verzug.* Ja, das bin ich …«

Wieder brach die Runde in Gelächter aus. »Peinlicherweise«, sagte er und sah gequält zu dem Monitor hin, »bin ich das da oben auch. Das überleb ich nicht.«

Justus sah prüfend auf den Bildschirm. Er versuchte, die schmerzliche Erinnerung daran, wie er hilflos an einem Stuhl klebend herumgestapft war, zu unterdrücken. Stattdessen nahm er das Gesicht des kleinen Quälgeistes in Augenschein. Der Name des jungen Schauspielers fiel ihm wieder ein …

»Georgie Brandon!«, rief Justus aus.

»Georgie?«, echote Buzz.

»So wurde er damals genannt.«

George sah Justus argwöhnisch an. »Woher weißt du das?«

»Ich… äh…« Justus sah, dass alle am Tisch ihn anstarrten. Er räusperte sich. »Ich war der Kleinste in der Show damals.«

»Willst du damit sagen, dass du Baby Fatso warst?«, fragte ein blondes Mädchen am anderen Ende des Tisches.

Da! Der Name war ausgesprochen – und das auch noch von einem hübschen Mädchen. Justus erschauerte. »Also, um es genau zu sagen, ich war nicht Baby Fatso. Ich hab jemand gespielt, der so hieß.«

»Jetzt fällt's mir ein«, rief George. Er sprang auf und streckte die Hand aus. »Du warst der cleverste kleine Kerl, den ich je gesehen hatte. Und so umgänglich.«

Justus lächelte bescheiden, während George ihm die Hand schüttelte. »Also… ich war wirklich nur ich selbst.«

»Du, das war mein einziger Auftritt in den *Kleinen Strolchen,* aber er hat mein ganzes Leben verändert. Ich bin von einem Agenten übernommen worden und in der Werbung groß rausgekommen. Dann hat man plötzlich festgestellt, dass meine Stimme gar nicht so schlecht ist, und… na ja…« Er grinste und zuckte die Achseln. »Der Rest ist Geschichte.«

Einen Augenblick fühlte sich Justus versucht, die

Bemerkung fallen zu lassen, dass Georges Selbstbewusstsein wohl entsprechend mitgewachsen war. Aber dann beschloss er, doch höflich zu sein. »Ich bin nicht im Bild, was im Showgeschäft zur Zeit so läuft. Was machst du gerade?«

»Nicht im Bild? Du bist wohl nicht von dieser Welt, Mann!« George lachte. »Hab's nicht so gemeint. Die Zeitungen bringen doch andauernd was über uns. *Gefahr im Verzug* ist das größte, teuerste Musical, das je in LA produziert worden ist – Lasershow, unglaubliche Kampfspiele, eine heiße Liebesgeschichte – und rat mal, wer die Hauptrolle spielt!«

Buzz nickte. »Ich spiel Schlagzeug im Musicalorchester. Ihr würdet nie glauben, wie viel Geld die Produzenten in diese Show stecken. Ständig werden neue Kostüme entworfen, das Bühnenbild geändert, die Tanznummern umchoreographiert, neue Leute angeheuert. Die Show wird seit einem Monat gezeigt, und andauernd wird das Premierendatum rausgeschoben.«

»Versteh ich nicht«, warf Peter ein, »wenn die Show schon gezeigt wird, muss sie doch Premiere gehabt haben. Was soll das mit dem Premierendatum?«

»Das sind alles öffentliche Proben«, sagte Buzz. »Vor der eigentlichen Premiere hat eine Show immer einige Wochen lang Voraufführungen. Da können alle Beteiligten sehen, wie die Show auf das Publikum wirkt und wo man sie noch verbessern kann. Manchmal tauchen über Nacht neue Szenen auf. Wenn alle Mängel beseitigt sind, kann die Premiere stattfinden. Dazu werden dann die Kritiker eingeladen.«

»Falls es jemals dazu kommt«, fügte George hinzu.

»Eure Show klappt nicht so recht, was?«, sagte Bob.

»Das stimmt nicht, aber sie glauben, dass sie alles ganz perfekt machen können. Sie sind natürlich scharf drauf, irgendwann mit der Show an den Broadway zu kommen. Und wenn die Show in New York ein Hit wird, heißt das, Tourneen durch Amerika, Filmverträge – du weißt schon, ein Haufen Kohle.«

Von der anderen Seite des Tisches mischte sich ein dunkelhaariger Typ ein. »Das ist ja nicht der einzige Grund, warum die Premiere verschoben worden ist, George.«

George grinste schuldbewusst. »Klare Sache, Vic. Aber doch nicht jetzt. Ich versuch gerade, mich ins rechte Licht zu rücken.«

»Will jemand Nachtisch oder Kaffee?«, wurden sie von einer Kellnerin unterbrochen.

Die drei ??? und Kelly zogen sich Stühle an den Tisch. Während die anderen bestellten, wandte sich George an Justus. »Und was hast du all die Jahre gemacht, Kumpel?«

Justus fuhr mit der Hand in die Tasche, zog eine Visitenkarte heraus und reichte sie George.

Die drei Detektive

Wir übernehmen jeden Fall

???

Erster Detektiv:
Justus Jonas

Zweiter Detektiv:
Peter Shaw

Recherchen und Archiv:
Bob Andrews

Schlagartig veränderte sich Georges Gesichtsausdruck. Nicht so, dass es jedermann bemerkt hätte – sein Lächeln wurde nur etwas maskenhaft und wich einem Anflug von Besorgnis. Aber dem geübten Blick von Justus Jonas entging das nicht.

»Wir sollten uns vielleicht mal unterhalten«, schlug er vor.

»Genau«, antwortete George, wobei er nervös nach links und rechts schaute. »Am besten gleich.«

Er stand auf und kramte ein paar Fünfdollarscheine aus seiner Jeanstasche, warf sie auf den Tisch und meinte zu Buzz: »Das wird für mich reichen. Ich dreh mal ’ne Runde mit meinem alten Kumpel.«

Buzz nickte geistesabwesend und widmete sich weiter einem intensiven Gespräch mit Bob. Zwei oder drei Mädchen hingen fasziniert an den Lippen des blonden Detektivs. Niemals würde Justus begreifen, wie es seinem Freund gelang, diese Faszination auf das andere Geschlecht auszuüben, zumal Bob es gar nicht darauf anlegte.

»Tschüss« und »bis dann«, ertönte es von allen Seiten, als George sich aufmachte. Justus gab Peter ein Zeichen mit den Augen. Er versuchte, auch Bobs Aufmerksamkeit zu erregen, der reagierte aber nicht. Er musste eben später informiert werden. Kelly unterhielt sich angeregt mit einem anderen Mädchen, sie merkte nicht mal, dass Peter ging.

Justus und Peter folgten George durch eine Ladengasse des Einkaufszentrums. Vor einem Laden, der noch nicht eröffnet war, lag ein Haufen mit Holzbrettern und Sägespänen. Dort blieben sie stehen. George sah sich um.

»Okay, die Luft ist rein«, sagte er, »ich will kein Risiko eingehen.« Er sah Justus direkt an. »Ihr seid wirklich Privatdetektive? Kein Flachs?«

»Du hast mein Wort«, bestätigte Justus.

Bedeutsam senkte George die Stimme. »Hoffentlich kann ich euch trauen. Du hast es ja vielleicht schon geahnt: Ich hab Ärger. Ziemlich großen Ärger sogar.«

Justus war insgeheim über den melodramatischen Ton, den George anschlug, belustigt. Er nickte jedoch verständnisvoll. »Jemand ist hinter deinem Job her, hm?«

George schüttelte den Kopf. »Jemand ist hinter meinem Leben her.«

»Warum?«, fragte Peter ungläubig.

»Wenn ich das wüsste, hätte ich euch nicht hierher geschleppt!«, fuhr George ihn an. »Letzte oder vorletzte Woche, da hab ich so komische Briefe und Anrufe gekriegt…«

»Was für Anrufe?«, unterbrach ihn Justus.

George zuckte die Achseln. »Manchmal ist einfach aufgelegt worden. Dann wieder hat eine krächzende Stimme gesagt: ›Dich kriegen wir.‹ Bisweilen war es eine mit britischem Akzent, so eine ältere Stimme, die gesagt hat: ›Wehe dir, Thespisjünger!‹ Ein altmodisches Wort für Schauspieler.«

»Ja, ich weiß«, sagte Justus. »Weiter.«

»Am schlimmsten ist so ein lautes gackerndes Gelächter von einem Mann oder einer Frau – schwer zu sagen.«

»Und die Briefe?«, fragte Justus. »Was steht da drin?«

»Total gestörtes Zeug, Mann«, antwortete George und schüttelte sich. »Verrückte Botschaften, dass ich auf einem Thron voll Blut sterbe, und irgendwas mit einem Wald, der kommt und mich verschluckt…«

»Möglich, dass wir auf die Identität des Absenders schließen können, wenn wir uns die Briefe mal genau ansehen«, sagte Justus.

George sah plötzlich kleinlaut aus. »Oh Mann, rat mal, welcher Idiot sie weggeworfen hat.«

»Pech«, sagte Peter.

George hob die Schultern. »Ich weiß nicht, sie waren einfach so… gruselig. Ich habe gedacht, sie sind harmlos, von irgendeinem verrückten Fan oder so – aber das war eben, bevor die Unfälle passiert sind.«

»Unfälle?«, fragte Justus.

»Umgestürzte Kulissen, Nägel oder Rasierklingen, die auf mysteriöse Weise dort rumliegen, wo ich eine Nummer tanzen muss.« In Georges Blick lagen Furcht und auch Entschlossenheit. »Ich brauch Hilfe, das ist eindeutig. Ich wollte schon einen Privatdetektiv anheuern, aber ich hab dann doch gezögert. Es wäre einfach zu auffällig, wenn ein fremder älterer Knacker hinter der Bühne rumhängen würde. Aber drei junge Typen – ich könnte sagen, ihr seid Freunde von mir. Das würd's echt bringen! Sagt, dass ihr den Fall übernehmt. Ich brauch euch wirklich.«

Peter warf Justus einen Blick zu. Und sofort sah er einen vertrauten Ausdruck in den Augen seines Freundes, eine kaum bezähmbare Erregung darüber, dass sich ein neuer Fall anbahnte.

»Nur unter einer Bedingung«, sagte Justus zu George.

»Und die wäre?«

»Du darfst niemandem sagen, wer wir wirklich sind«, sagte Justus bestimmt. »Falls das nämlich eine theaterinterne Sache ist.«

Ein dankbares Grinsen breitete sich über Georges Gesicht aus. »Abgemacht! Kommt heute Abend so um sechs in meine Garderobe. Ich werd nicht vor halb acht geschminkt, ich hab also genug Zeit, um euch alles zu zeigen. Eigentlich wäre es sogar besser, wenn ihr schon um halb sechs kommen könntet, dann könnt ihr bei dem Fernsehinterview dabei sein, das ich vor dem Theater gebe.« Er ergriff erst die Hand von Justus, dann die von Peter. »Mann, das ist super. Hab ich einen Dusel, dass ich euch getroffen hab!«

Als er George die Hand schüttelte und seinem aufgeregten Blick begegnete, fühlte Justus, wie die Erregung von seinem Innersten Besitz ergriff. So hatte er sich seit seiner Kindheit nicht mehr gefühlt, seit dem Jahr, in dem er selbst auf der Bühne gestanden hatte.

Von da an hatte er das Showgeschäft gehasst. Die Baby-Fatso-Episode war zu peinlich gewesen. Aber jetzt erkannte er etwas, was er bisher nie zugegeben hatte.

Die Schauspielerei lag ihm im Blut. Und er konnte es kaum erwarten, sich in diesen Fall zu stürzen.

Ein schlechtes Omen

Am späten Nachmittag fuhr Justus zu Peter, um ihn zum Theater abzuholen.

Kelly öffnete die Haustür, bevor Justus überhaupt klingeln konnte. »Hallo, Jus«, sagte sie und zupfte die Träger ihres Kleides zurecht.

Justus lächelte verlegen. »Ich hab nicht erwartet, dass du mitkommen willst. Du weißt doch, dass wir mit einem Fall befasst …«

»Null Problemo«, antwortete Kelly schnell. »Ich will nur die Erste in meiner Clique sein, die *Gefahr im Verzug* sieht!«

»Na gut. Wo ist Peter?«

»Oben. Er wollte eigentlich in Jeans und T-Shirt ins Theater gehen. Als er gesehen hat, was ich anhabe, ist er ein bisschen unsicher geworden. Und als er dich durchs Fenster gesehen hat, ist er nach oben verschwunden, um sich umzuziehen.« Justus trat ins Wohnzimmer. »Also, ich glaube, Jeans wären auch in Ordnung, aber ich zieh mich lieber etwas förmlicher an.« Beim Sprechen wippte seine schwarze Fliege mit dem Auf und Ab seines Adamsapfels.

»Der Anzug steht dir super«, sagte Kelly.

Justus wand sich vor Verlegenheit. Zu seiner Erleichterung kam Peter die Treppe heruntergesprungen. Die Manschetten seines Hemdes blitzten aus den Ärmeln seines dunkelblauen Blazers, der ein bisschen zu hauteng um seine Muskelpakete saß.

»Den hab ich zuletzt bei der Zeugnisverleihung vor einem Jahr getragen«, sagte Peter. Er fing an, sich zu strecken, ließ es aber schnell sein, als er die Nähte leise krachen hörte. »Hoppla. Bin wohl gewachsen. Los, wir holen das Auto. Die Werkstatt macht in einer Viertelstunde zu.«

»Die Werkstatt?«, fragte Justus überrascht, während Peter und Kelly aus der Tür stürmten. »Einen Moment! Warum können wir nicht meine Kiste nehmen? Die steht nämlich hier.«

Peter warf einen kurzen Blick auf den vergammelten Pick-up, den Justus von Onkel Titus' und Tante Mathildas Schrott- und Trödelmarkt geborgt hatte. »Äh, wir wollen dir ja nicht zu nahetreten, Justus, aber wir sind Zuschauer, nicht Schausteller.«

Justus trabte über den Rasen und holte Peter und Kelly auf dem Gehweg ein. »Wenigstens läuft er.«

»Meiner auch«, sagte Peter. »Ein Superding, Justus – ein alter Toyota Corolla, der nur sechstausend Meilen draufhat. Hab ihn gestern auf einer Polizeiversteigerung ergattert. Heute Morgen hab ich ihn zur Inspektion gebracht.«

»Inspektion?«, Justus blieb stehen. »Und wenn er nicht durchkommt? Es ist fast fünf Uhr, und wir …«

Peter lachte. »Halt die Luft an. Die Kiste läuft super, das Licht geht auch. Die müssen in der Werkstatt höchstens ein paar Kleinigkeiten richten.« Er zwinkerte Justus zu. »Der Mechaniker ist ein Kumpel von mir.«

»Das kommt mir so bekannt vor«, sagte Kelly. Sie fasste die beiden am Arm. »Los, Jungs, wir beeilen uns lieber mal.«

In Justus' Pick-up fuhren sie zum Rocky Beach Auto Diagnose Center. Peter stieß die Glastür zu der Werkstatt auf und rief: »Hey Andy! Was macht mein neues Traumauto?«

Sie standen in einem Wald von hydraulischen Hebebühnen. Auf allen standen Autos, die große Schatten auf den Boden warfen. In der hintersten Ecke erhob sich ein schläfriger Mechaniker aus einem Plastikstuhl. Er nickte Peter zu, dann warf er rasch einen Blick auf die Wanduhr.

»Meine Güte! Ist es schon fünf Uhr? Bin wohl eingepennt. Was kann ich für euch tun?«

»Ich wollte meinen Wagen abholen«, sagte Peter. »Der stahlgraue Toyota, du weißt doch?«

Andy kratzte sich am Kopf und ließ seinen Blick über die Autos gleiten. »Grauer Toyota... stahlgrauer Toyota...« Er deutete auf einen. »Meinst du den da?«

Sie ließen die Schultern sinken. Auf einer der Hebebühnen stand Peters Auto. Eine Arbeitslampe und ein Schraubenschlüssel hingen unten raus. Ölverschmierte Lappen lagen unter ihm verstreut.

»Was hast du damit angestellt?«, fragte Peter bestürzt.

Andy zuckte die Achseln. »Ich hab nichts angestellt. Das Lager des Lenkhebels ist ausgeschlagen. So kommt er nicht durch die Inspektion.«

»Was ist ausgeschlagen?«

»Also, das ist so.« Er deutete auf eine lange Stange, die die Räder miteinander verband. »Das ist die Spurstange, die die Räder dreht. Die muss aber auch von etwas bewegt werden – und das ist der Lenkhebel. Er verbindet die Spurstange mit dem Lenkgetriebe, und das ist mit der Lenksäule verbunden und die wieder mit dem Lenkrad.« Er grinste durch seine Zahnlücken. »Der Lenkhebel ist zwar aus Metall, aber das hält auch nicht ewig, klar?«

»Na gut, dann mach einen neuen rein«, sagte Peter.

Andy schüttelte den Kopf. »Geht nicht. Haben wir nicht auf Lager. Hat keiner. Muss beim Hersteller bestellt werden – kann zwei bis drei Wochen dauern.« Er lachte in sich hinein und ließ die drei stehen. »Kann nur hoffen, dass ihr ein anderes Transportmittel habt, denn diese Kiste kommt hier so schnell nicht raus.«

»Nur heute Abend, Andy, sei nicht so«, versuchte es Peter.

»Kommt nicht in Frage«, bestimmte Andy. »Ohne Inspektionsplakette könnt ihr nicht rumfahren. Außerdem hab ich den alten Lenkhebel weggeschmissen.«

»Waaas? Wie konntest du …«

»Hör mal, Kumpel, das Auto bleibt hier. Verstanden?«

Peter stierte auf den Boden. »Okay … äh, danke, Andy.«

Als er zu dem Pick-up zurückstapfte, wich er Kellys vorwurfsvollen Blicken aus.

»Hey! Pass doch auf, Justus! Hast du den Führerschein auf dem Rummel gewonnen?« Peter rieb sich den Kopf und rutschte tiefer in den Vordersitz des Pick-up.

»Tut mir leid, Peter, hab das Schlagloch nicht gesehen«, entgegnete Justus.

Kelly, die zwischen die beiden gequetscht saß, rutschte ungemütlich hin und her. »Wisst ihr, ich bin froh, dass Bob keine Zeit hatte. Wenn wir zu viert hier drin fahren müssten, wären wir längst Hackfleisch.«

»Der hat's gut«, meckerte Peter vor sich hin. »Sitzt in einem Club und hört sich eine neue Band für Sax an – toller Job.«

»Beruhig dich, Peter«, sagte Justus. »Wir sind gleich da.«

Justus nahm die nächste Ecke. In einiger Entfernung waren zwei überdimensionale weiße Ü-Wagen am Bordstein vor dem großen Theater geparkt. Ein Gewirr von Kabeln, die mit silbrigem Klebeband verlegt waren, schlängelte sich auf der Straße von einem zum anderen Wagen. Der Platz wimmelte von Kameraleuten, die sich Anweisungen zuriefen und die Scheinwerfer ausrichteten. Ein Kran senkte ein riesiges Schild mit der Aufschrift GEFAHR IM VERZUG an die dafür vorgesehene Stelle über dem Vordach des Theaters. Justus reckte den Kopf aus dem Fenster, um besser sehen zu können.

»Mann, wir sind sogar rechtzeitig«, sagte Peter. »Sieht so aus, als ob sie noch nicht angefangen haben, das Interview zu drehen.«

»Hallo, Justus«, ertönte die Stimme von George Brandon.

Justus, Peter und Kelly spähten unter das Vordach. George saß auf einem hohen Regiestuhl und winkte ihnen zu. Ein Mann in schwarzem Rollkragenpullover machte sich an seiner Frisur zu schaffen, während eine Frau seine Stirn puderte. Beide waren nicht begeistert, als George aufstand und rief: »Kommt rüber und macht das Chaos komplett. Gleich fällt die erste Klappe!«

»Plätze einnehmen für den ersten Take!«, rief ein Mann mit Pferdeschwanz und Dreitagebart über ein Megafon. »Bitte das Gelände frei machen!«

Justus parkte den Pick-up in der nächsten Seitenstraße. Er, Peter und Kelly rannten zum Haupteingang des Theaters. Sie gesellten sich zu der Menschenmenge, die, von Polizeiabsperrungen in Schach gehalten, den Dreharbeiten zuschaute.

George hatte sich rechts unter dem Vordach aufgestellt. Der Friseur besprühte inzwischen das Haar einer Frau in Rüschenbluse und langem Rock. Als er davoneilte, kam die Frau auf George zu und hielt ein Mikrofon an ihre Lippen. Mit strahlendem Lächeln wandte sie sich der nächsten Kamera zu.

»Wow! Das ist Judy Coleman aus *Showtime heute!«,* sagte Kelly. »Meine Lieblings-Show.«

»Klatsch-Reportagen«, bemerkte Justus und verdrehte die Augen. »Hohlköpfe, die über andere Hohlköpfe labern.«

»Aber die coolen Typen, die mitmachen …« Kelly bemerkte den verächtlichen Ausdruck von Justus und den finsteren Blick von Peter. »Klar, das könnt ihr zwei natürlich nicht verstehen.«

Als Judy Colemans Stimme ertönte, verstummte die Menge.

»Gefahr im Verzug ist, wie alle Theaterfreunde wahrscheinlich wissen, der Titel eines lang erwarteten Musicals, das zur Zeit in Voraufführungen hier im Garber Theater gezeigt wird. Es ist komisch, es ist spannend, und es ist im Augenblick *das* Thema der Szene. Aber die Stimmung am Garber ist zur Zeit gespannt, und es ist nicht nur das Lampenfieber vor der Premiere. Das Reporterteam von Kanal Eins hat herausgefunden, dass sich eine Reihe merkwürdiger Vorfälle ereignet hat, die alle mit dem jungen Hauptdarsteller George Brandon zu tun haben. George, können Sie uns mal erklären – ist Gefahr im Verzug bei *Gefahr im Verzug?«*

Sie hielt George das Mikrofon hin. Aber als er den

Mund öffnete und anfangen wollte, wurde seine Stimme von dem verzweifelten Aufschrei eines Kabelträgers übertönt, der in der Nähe des Kranes stand.

»Achtung! Da oben!«

Judy Coleman stieß einen schrillen Schrei aus und hechtete unter das Vordach. Um sie herum wimmelte es von Leuten, die vor Schreck Clipboards, Sandwiches und elektronisches Gerät fallen ließen.

Justus sah hoch. Das riesige Schild mit GEFAHR IM VERZUG baumelte nur noch an einem dünnen Seil von dem Kran. Das andere Seil hing schlaff nach unten. An der Stelle, wo es das Schild gehalten hatte, war es total ausgefranst.

»George!«, schrie Justus, als das Schild ganz abriss und auf Georges Kopf zu herabstürzte.

Gefahr im Verzug

»Hiiilfe!«, brüllte George. Er warf sich auf den Gehweg und rollte auf die Straße.

Mit ohrenbetäubendem Scheppern zerschellte das Schild auf dem Pflaster. Justus, Peter und Kelly hielten die Hände vors Gesicht und duckten sich.

In dem unheimlichen Augenblick der darauf folgenden Totenstille sah Justus auf. Von dem Schild war nur noch ein Haufen zerbrochener Plastikstücke übrig geblieben, ungefähr vier bis fünf Meter von der Stelle, wo George gestanden hatte.

»Ist jemand was passiert?«, fragte Justus, sobald er seine Stimme wiedergefunden hatte.

»Nein«, antworteten Peter und Kelly zur gleichen Zeit.

»So ein Glück«, sagte Peter, als er den Haufen Scherben begutachtete. »Es ist genau da gelandet, wo keiner stand.«

»Kann man wohl sagen«, bestätigte Justus und ging auf George zu. »Trotzdem, ›Glück‹ würde ich das nicht nennen.«

Das Heulen der Polizeisirenen durchschnitt die Abendstimmung. Die Zuschauer im Umkreis klopften sich ab und betrachteten das zerbrochene Schild.

Justus kämpfte sich durch die Menschenmenge, die sich um George versammelt hatte, dicht gefolgt von Peter und Kelly. Die Kameraleute liefen durcheinander und bemühten sich hektisch, ein paar Aufnahmen von Georges Reaktion zu machen.

»Habt ihr alles im Kasten?«, fragte ein streng wirkender, weißhaariger Mann.

»Worauf du dich verlassen kannst, C. G.«, kam die Antwort hinter einer der Kameras hervor, »alles – Brandons Reaktion, den Aufprall im Hintergrund –«

»Sehr schön«, sagte C. G. »Wir haben mit einem laschen Bericht gerechnet, und jetzt haben wir eine knallharte Story! Hervorragend.«

»Entschuldigung, Entschuldigung«, sagte Justus nach rechts und links und kämpfte sich nach vorne durch. Er konnte Fetzen von Georges Stimme hören, sah ihn aber nicht.

»Ist aus dem Nichts gekommen … Nein, nein, mir geht's gut …«

Endlich gelangte Justus ins Innere des Menschenknäuels. Aber Judy Coleman war ein bisschen schneller gewesen. Sie saß neben George auf dem Bordstein und blickte in eine der Kameras. »Können wir abfahren?«

»Leg los«, antwortete der Kameramann.

Wie auf Kommando zog sie die Stirn zu Sorgenfalten. »Liebe Zuschauer! Wie Sie heute Abend selbst auf Ihrem Bildschirm verfolgen konnten, macht *Gefahr im Verzug* seinem Namen alle Ehre. George Brandon, was haben Sie empfunden, als Sie das riesige Schild auf sich zukommen sahen, das Ihnen um Haaresbreite den Schädel eingeschlagen hätte?«

»Schädel eingeschlagen?« Die Farbe wich aus Georges Gesicht. »So nah war es nun auch wieder nicht.«

Judy nickte ernst. »Ich könnte wetten, eine ganze Menge junger Leute hat aufgeatmet, dass ihr Idol nicht zerschmettert unter diesem lächerlichen Scherbenhaufen liegt.« Sie deutete auf das Schild. »Kannst du mal eine Nahaufnahme machen, Jerry?«

George sah zu dem Schild hin und schluckte. Da sah er Justus aus dem Augenwinkel und wandte sich an Judy: »Danke, aber ich muss jetzt in meine Garderobe.« Ein kleines Lächeln huschte über sein Gesicht. »The Show must go on.« Mit diesen Worten stand er auf, ergriff Justus' Arm und murmelte: »Komm mit. Tu so, als ob du mein Leibwächter bist oder so was.«

Peter tauchte vor ihnen auf. »Bitte Platz machen!«, blaffte er in einem Ton, den er sonst für den Fußballplatz reserviert hatte. Beim Anblick seiner großen, athletischen Figur machten die Leute schnell eine Gasse zum Künstlereingang auf der Seite des Theaters frei.

Justus schaute über die Schulter und sah, dass Kelly folgte. Die Fernsehleute hatten sich in die Straße zurückgezogen. Dort hielten gerade zwei Polizeiautos am Bordstein.

Ein stämmiger Mann mit Stoppelbart hielt die Tür zum Künstlereingang auf. »Bist du in Ordnung, Mann?«, fragte er George.

»Ja, Louis, alles bestens«, antwortete George.

Louis sah Justus und Peter misstrauisch an. »Wer sind diese Jungs?«

»Ist schon okay, Freunde von mir.« George wandte sich mit einem schiefen Grinsen an Justus. »Ihr seht hier den weltbesten Türsteher. Dieser Typ würde nicht mal den Präsidenten ohne Passierschein reinlassen.«

Auf dem Gesicht von Louis breitete sich ein verlegenes Zahnlückengrinsen aus. »Na los, komm schon rein, sonst schließ ich dich aus«, sagte er.

Die vier schlüpften ins Theater und ließen Lärm und Chaos hinter sich zurück. »Mir nach«, sagte George und führte die anderen einen schmalen Gang entlang. Auf einer Seite hing ein großes Schwarzes Brett aus Kork, dicht behängt mit Notizen, die mit Heftzwecken angepinnt waren. Die Wand daneben war um ein Telefon herum mit hastig hingekritzelten Telefonnummern beschmiert. Am Ende des Ganges befand sich eine halb offene Tür, auf der der Name LOUIS SHARPE stand. Justus konnte ein Schlüsselbrett mit diversen Schlüsseln an der Innenseite der Tür sehen. Rechts von Louis' Büro führte eine Tür zum Bühnenbereich.

»Sekunde mal«, rief Louis, als George die anderen den Gang entlang mitnahm. »Du hast Besuch in deiner Garderobe, und es könnte sein, dass die alleine mit dir reden wollen.«

George wandte sich um. »Wer ist es?«

»Mr. Firestone und Mr. Crocker.«

»Sieh einer an, der Produzent und der Hauptsponsor sind in meiner bescheidenen Hütte«, sagte George. »Wie komm ich zu der Ehre? Haben sie was zu dir gesagt, Louis?«

Mit einem Achselzucken sagte Louis: »Nicht viel. Sie sind rausgestürzt, als sie den Lärm gehört haben, und als sie sicher waren, dass dir nichts passiert ist, haben sie nur gesagt: ›Sieh zu, dass er heil hier reinkommt.‹«

»Ihre Feinfühligkeit ist wirklich rührend«, bemerkte George. »Na gut, ich muss mich den Eindringlingen wohl stellen. Auf ins nächste Gefecht!« Er hob den rechten Arm, als würde er ein Schwert schwingen, und stürzte durch den Bühneneingang.

Peter sah Justus fragend an. »Das war aus Shakespeare«, erklärte dieser. »König Heinrich der Fünfte sagt das zu seinen Männern, als sie in die Schlacht ziehen.«

»Na super«, sagte Peter unbeeindruckt.

»Dabei fällt mir ein«, fügte Justus hinzu, »erinnert ihr euch, dass George erzählt hat, dass er Briefe gekriegt hat mit der Drohung, er werde auf einem Thron voll Blut sterben und dass ein Wald kommen und ihn verschlingen würde?«

»Ja«, sagte Peter, »total verrücktes Zeug.«

»Also, das kommt mir auch bekannt vor. Ist, glaub ich, auch aus einem Stück.«

»Na und?«, meinte Peter.

»Das ist unser erster richtiger Hinweis.«

»Ach so, du meinst, der Absender kommt aus Theaterkreisen?«, fragte Kelly.

»Sieht so aus«, sagte Justus und ging voran durch die Tür zum Bühnenbereich.

»Wartet einfach bei der geschlossenen Tür da rechts«, rief ihnen Louis nach. »Und bleibt von der Bühne weg.«

Justus wandte sich nach rechts und betrat die Hinterbühne. Es war dunkel. Körbe mit Klamotten, Tische voller Werkzeug und ein halbes Pappmachéauto standen in der Gegend herum. Links von ihm erstrahlte die Bühne in hellem Scheinwerferlicht. Weiter rechts in einer Ecke hing ein glitzernder Stern aus Metall an einer Holztür. Darunter war ein Namensschild angebracht, auf dem GEORGE BRANDON stand. Justus, Peter und Kelly gingen darauf zu, bis sie der Lärm von aufgebrachten Stimmen, die aus dem Raum drangen, stehen bleiben ließ.

»Auwei, die Jungs klingen nicht gerade fröhlich«, meinte Peter.

»Ich seh mich mal ein bisschen um«, sagte Justus. »Haltet die Ohren offen.« Er nickte zu Georges Tür hin. »Sagt mir Bescheid, wenn die Jungs gehen.«

»Alles klar«, antwortete Peter.

Justus schlenderte in den Bereich der Seitenbühne. Lautlos sah er zu, wie Schreiner, Techniker und Bühnenarbeiter herumliefen. Der Lärm von einem Elektrobohrer wetteiferte mit Stimmen, die in Walkie-Talkies schrien.

Justus fühlte, wie sein Puls schneller ging. Die Geräusche, die Wärme der Scheinwerfer, die Weite der leeren Sitzreihen, all das hatte was Besonderes. Das alltägliche Einerlei schien weit weg. Hier im schützenden Freiraum des Theaters war eine Gruppe von engagierten Fachleuten dabei, eine Fantasiewelt zu erschaffen.

Hinter der Bühne wurde gerade eine riesige Kulisse hochgezogen. Sie stellte ein unterirdisches Gewölbe dar, in dem Steinbrocken herumlagen und das schaurig beleuchtet war. Aus den Steinspalten kamen Wasserrinnsale. Justus sah sofort, dass es sich um ein Meisterwerk aus Gips und Pappmaché handelte. Im Hintergrund zogen Bühnenarbeiter in Arbeitskleidung an Seilen, die nach oben hin in der Dunkelheit verschwanden. Sie zogen die Kulisse in den Schnürboden hinauf, wo sie außer Sichtweite des Publikums hängen konnte. Gleichzeitig wurde eine andere Kulisse heruntergelassen.

Justus wandte sich dem Bühnenvorhang zu, und ein flackerndes elektronisches Licht erregte seine Aufmerksamkeit. Durch den Spalt eines inneren Vorhangs war ein Schaltpult zu sehen, das in Brusthöhe angebracht war. Es hatte eine Menge Knöpfe und Schalter und eine Computertastatur. In Augenhöhe stand ein Monitor auf einem Brett, das in die Wand gedübelt war. An einem Haken neben dem Monitor hingen Kopfhörer.

Justus sah sich um. Alle schienen beschäftigt. Justus war ein Computerfreak – er verbrachte Tage damit, auf seinen eigenen Computern rumzuhacken. Solange er warten musste, konnte er doch mal auf diesem rumspielen. Leise trat er an das Schaltpult und sah sich den Bildschirm an.

GEFAHR IM VERZUG
Garber Theater, Los Angeles
Ton-, Licht- und Kulisseneinsätze
J. Bernardi, Inspizient
J. Everson, Zweiter Inspizient

1.	Licht	Schauspieler HEBT DIE HAND
2.	Ton	Schauspieler: »DER ALLERLETZTE AUF ERDEN!«
3.	Ton	ZEICHEN VOM DIRIGENTEN
4.	Licht	JUNGS IN DER MITTE DER BÜHNE

– Weiter mit Return –

---

zur Markierung der Einsätze Cursor bewegen

F1: Hauptmenü	F2: Textmenü
F3: Einfügemodus	F4: Vorgang wiederholen

Justus fing an, auf der Tastatur herumzuspielen. Das Bild verschwand nach oben oder unten und sprang von Menü zu Menü.

»Oho!«, ertönte plötzlich eine laute Stimme.

Justus nahm die Finger sofort von der Tastatur. Er drehte sich blitzschnell um.

Ein junger Bühnenarbeiter mit langen blonden Haaren und ziemlich langen Bartstoppeln kam auf ihn zu. Seine Ärmel waren hochgekrempelt und entblößten Tätowierungen.

»Was machst du hier, wenn man mal fragen darf, Kumpel?«, wollte er wissen, und seine grünen Augen funkelten misstrauisch.

Justus sah ihn sich einen Augenblick genau an. »Der Typ, der George gewarnt hat«, sagte er schließlich.

»Waaas?«

»Du bist der Typ, der geschrien hat, kurz bevor das Schild runterkam. Ich erinner mich an dein Gesicht.«

»Kann schon sein, aber du kannst jetzt mal dein Gesicht hier rausschaffen. An dem Computer hast du nichts zu suchen. Du bist nicht der Inspizient.«

Justus nickte. »Eine korrekte Feststellung. Ich stell den Bildschirm wieder auf die Ausgangsposition.« Er wandte sich wieder dem Computer zu – und schon fühlte er, wie ihn eine stahlharte Hand an der Schulter packte und ihn zurückzog.

»Hey!«, keifte der Bühnenarbeiter. »Hast du mich nicht verstanden, Bruder? Vielleicht kannste Lippenlesen: Hau ab!«

Justus streifte den schmutzigen Handabdruck, den sein Gegenüber auf seiner Schulter hinterlassen hatte, mit einem kurzen Blick und sagte ruhig: »Vielleicht könntest du deinen Zorn einen kleinen Moment zügeln, während ich zu erklären versuche –«

»Ich hab einfach keine Zeit, mir deine billigen Ausreden anzuhören. Wenn du nicht sofort verschwindest, du Ratte, kriegst du einen Tritt in deinen fetten Hintern.« Er griff erneut nach Justus.

Justus wich aus. Er merkte, wie sein Blut von den Zehen bis in den Kopf zu kochen begann. Er wurde wütend. »Ich rate dir dringend, die Finger von mir zu lassen.«

Der Bühnenarbeiter grinste. »Nein… Ratte ist ganz falsch. *Rhinozeros* schon eher!« Jetzt stieß er Justus an.

Justus strauchelte, konnte sich aber fangen. Wutentbrannt sah er, wie der Bühnenarbeiter mit geballten Fäusten auf ihn zukam. »Ich hab dich gewarnt«, sagte Justus und stellte sich in Verteidigungsstellung.

Der Bühnenarbeiter gluckste vor sich hin. »Wie wär's denn damit?«

Er lehnte sich zurück in eine gekonnte *kokutsu-dachi*-Stellung: die Beine senkrecht in den Boden gestemmt und den Vorderarm gegen Justus erhoben. Ehe Justus reagieren konnte, holte der Bühnenarbeiter mit einem schnellen, klaren *seiken*-Schlag gegen ihn aus.

Geschickt wich Justus ihm aus. Als er versuchte, eine günstige Stellung einzunehmen, geriet er in ein Gewirr von Seilen, die in einer dunklen Ecke lagen. Mit einem Aufschrei und einem dumpfen Schlag landete er auf dem Boden.

Er schaute hoch und konnte gerade noch die Sohle eines Stiefels auf sich zukommen sehen!

Hinter den Kulissen

»Hey!«

Nur undeutlich konnte Justus die andere Stimme und die Schritte, die eilig auf ihn zukamen, wahrnehmen. Er wusste nicht mal genau, wie er es fertiggebracht hatte, sich wegzudrehen.

Aber irgendwie hatte er es geschafft, dass sein Gesicht, als der Stiefel des Angreifers auf den Boden donnerte, nicht mehr im Weg war.

Zusammengekrümmt lag er ein paar Meter neben einem Haufen mit aufgerollten Seilen und seufzte kurz vor Erleichterung auf. Seine Kampfeskunst hatte ihn zwar im Stich gelassen, aber er war noch ganz.

»Schluss damit, Bruno!« Die neue Stimme gehörte einem großen Mann mit vollem weißem Haar, der einen Stehkragenpullover und Khakihosen trug. Er hatte vor Entsetzen weit aufgerissene Augen. Hinter ihm standen Peter und Kelly.

Peter streckte Justus die Hand hin und half ihm auf. »Alles in Ordnung, Justus?«

»Bestens«, sagte Justus und klopfte sich ab, »wenn man bedenkt, dass mir dieser freundliche Zeitgenosse fast den Kopf abgerissen hätte.«

»Nimm dich lieber zusammen, Bruno«, sagte der weißhaarige Mann, »wenn du deinen Job nicht verlieren willst.«

»Ach, komm schon, Jim, ich wollte den Blödmann nicht wirklich treffen – nur ein bisschen einschüchtern«, sagte Bruno. »Er hat an deinem Computer rumgefummelt. Er hat hier hinten sowieso nichts verloren.«

»Zufällig ist er ein Freund von George, okay? Geh wieder an die Arbeit, ich regle das hier.«

Während der Bühnenarbeiter verschwand, reichte der Mann Justus die Hand. »Jim Bernardi«, sagte er mit einem Näseln, dass sich sein Name wie *Böhnaandi* anhörte. »Ich bin der Inspizient. Ich habe gerade mit Ihren Freunden geplaudert, als wir den Krach hörten. Tut mir leid.«

Mit iahn Froindn ... hööhtn ...

Justus bildete sich einiges auf seine Fähigkeit ein, Dialekte zu erkennen, und dieser war unverkennbar. »Sind Sie aus New York?«, fragte er.

»Brooklyn, genauer gesagt, Long Island.« *Looanggeiländ.* »Woher wissen Sie das?«

»Hab's geraten. Vielen Dank für die Hilfe.«

»Geht schon in Ordnung. Also, falls Bruno noch mal Ärger macht, braucht ihr es nur mir zu sagen.«

»Halb so schlimm«, lachte Justus, »ich hab das ja durch mein Schnüffeln in gewisser Weise provoziert.«

Bernardi lächelte. »Wenn ihr herumschnüffeln wollt, das könnt ihr haben. Was wollt ihr zuerst sehen?«

»Heißt das, Sie wollen uns rumführen?«, fragte Kelly.

»Kein Problem. Kommt mit.«

Justus sah, dass Peters Blick höchsten Unwillen ausdrückte. »Ich bleib mal lieber in der Nähe von Georges Garderobe«, sagte er auch schon, »falls die Jungs gehen.« Eilig griff er nach einer Sportillustrierten, die in der Nähe rumlag, und hockte sich mit dem Rücken gegen die Wand.

Justus nickte, aber in Gedanken war er schon ganz woanders und formulierte Fragen. Wer war dieser Bruno, und wusste er etwas von den Anschlägen auf Georges Leben? Hatte er deshalb bei dem Kran gestanden, als das Schild herunterstürzte, und hatte er deshalb Justus einschüchtern wollen? Oder war jemand anders der Attentäter, jemand, der es leicht hatte, die Dinge im Kulissenbereich falsch zu steuern?

Zum Beispiel der Inspizient?

Genau genommen konnte es jeder sein, der etwas mit der Show zu tun hatte. Am besten war, es langsam angehen zu lassen und herauszufinden, wer für welche Kulissen und Requisiten zuständig war.

Bernardi führte Justus und Kelly auf die Bühne. »In der Show geht's ziemlich hoch her. Es geht um ein paar junge Amerikaner, die sich im Nahkampf ausbilden lassen und in Japan hängen bleiben, als der Zweite Weltkrieg ausbricht. Euer Freund George spielt den Anführer, der einen Fluchtversuch anzettelt und schließlich in einen Spionagering verwickelt wird. Es kommt zu einer unglaublichen Jagd durch alte Tempel, unterirdische Gewölbegänge und so weiter.«

»Wahnsinn!«, sagte Kelly mit glänzenden Augen.

Sie sahen zu, wie ein paar Bühnenarbeiter eine Szene vorbereiteten – zwei Sofas und einen schwarzen Lacktisch mit einem Telefon darauf. Ein Mann mit Kopfhörer fummelte an dem Telefon rum, während ein anderer herumging und von allen möglichen Stellen zu den Rängen hochschaute. Hinter ihnen war eine Kulisse aufgehängt, die eine Wohnzimmerwand mit Bücherregalen darstellen sollte.

»Das ist ja ein ziemlich einfaches Bühnenbild«, bemerkte Justus. »Was machen die ganzen Leute?«

»Sieht nur so einfach aus.« Bernardi blieb stehen und machte eine Armbewegung über die Bühne und zum Hintergrund. »Selbst wenn dies das einzige Bühnenbild im ganzen Stück wäre, bräuchte man ... mal sehen ... mindestens sechzehn vollbeschäftigte Arbeiter, die es einrichten und durchziehen.«

»Sechzehn?« Kelly war sprachlos. »Für ein Wohnzimmer? Vielleicht können die mal bei uns vorbeikommen und meinen Eltern helfen, wenn wir das nächste Mal umräumen.«

Bernardi lachte. »Da sind die Gewerkschaften ganz streng. Jeder Bühnenarbeiter darf nur eine Sache machen, sonst nichts. Die Requisiten reintragen, wie zum Beispiel die Möbel, oder kleinere Requisiten installieren, wie die Lampe oder das Telefon, die Lampe anschließen und das Telefon läuten lassen und so weiter – das wird alles von verschiedenen Leuten gemacht. Und für jeden muss ein Stellvertreter da sein, falls mal was passiert – alles von der Gewerkschaft festgelegt. Da kommen dann sechzehn Arbeiter zusammen.«

Justus ließ einen erstaunten Pfiff hören. »Wie kann man die alle während der Aufführung unter einen Hut bringen?«

»Na, endlich fragt jemand danach! Kommt, ich erklär euch das Inspizientenpult – und diesmal wird Bruno nicht dazwischenfunken.«

Eine tiefe Stimme hallte über die Bühne: »Drehbühne in Bewegung!«

»Sekunde!«, rief Bernardi. Er stieg mit Justus und Kelly über eine Bodenrille, die sich zu einem großen Kreis im Boden schloss. »Okay!«

Justus bemerkte, wie sich die kreisförmige Platte, auf der sie gestanden hatten, zu drehen begann. Dadurch wurde das Wohnzimmer nach hinten bewegt, und gleichzeitig tauchte ein anderes Bühnenbild aus dem Hintergrund auf.

Bernardi trat an das Schaltpult und setzte sich auf einen Hocker vor den Monitor. »Wenn die Aufführung läuft, stehe ich hier und trage diese Kopfhörer mit Mikro. Die Instruktionen für die Bühnenarbeiter sind in den Computer eingegeben. Wenn sie auf dem Bildschirm auftauchen, gebe ich sie an die entsprechenden Leute weiter – diese Signale nennen wir ›Einsatz‹. Für die Tonleute und die Beleuchter spreche ich einfach in das Mikro – zum Beispiel ›Scheinwerfer dreifünf Licht‹. Die im Schnürboden – die die Kulisse runterlassen – kriegen den Einsatz mit einer Taschenlampe. Kurz vor dem Einsatz stell ich die Taschenlampe an, als Vorwarnung. Der eigentliche Einsatz ist, wenn ich wieder ausschalte.«

»Und mit dem Computer können Sie Angaben ergänzen oder ändern«, überlegte Justus laut.

»Also, das ist nicht meine Aufgabe«, sagte Bernardi, »ich hab einen, der das für mich macht. Im Allgemeinen arbeiten die Inspizienten eigentlich nur mit einem markierten Manuskript. Aber für so eine komplizierte Show haben sie dies zentrale Computersystem eingerichtet. Von meinem Pult aus kann alles programmiert werden – von einem guten Programmierer.«

»Ist das schwierig?«, fragte Justus. »Haben Sie keine Hilfsmenüs oder Makros?«

»Das sind böhmische Dörfer für mich«, erklärte Bernardi lachend. »Man muss so lange, komplizierte Eingaben in Computersprache machen. Wenn ich das je versuchen würde, gäbe es ein Chaos – Autos im Wohnzimmer, tiefe Nacht während einer Tagesszene …«

Justus war verwirrt. »Aber Sie geben die Einsätze doch von Hand, und Sie können auf dem Bildschirm lesen, welche dran sind. Wenn also was Falsches auf dem Bildschirm steht, können Sie das doch ignorieren und den richtigen Einsatz geben?«

»Natürlich«, sagte Bernardi. »Aber solange die Proben noch laufen, ist das hier wie im Zoo. Gerade wenn man die Einsätze draufhat, werfen die Bühnenbildner alles über den Haufen. Und man muss ständig reden, Einsätze geben, Fragen beantworten, sich rumstreiten, sodass man sich lieber auf den Computer verlässt – was natürlich nicht so gut ist, wenn die Änderungen nicht eingegeben sind.«

»Psssst!«

Justus wandte sich um und sah, wie Peter ihnen heftige Zeichen machte. Kelly und er entschuldigten sich und liefen zu Georges Garderobe zurück.

»Klingt nicht gerade freundschaftlich da drin«, berichtete Peter. »Vielleicht sollten wir 'ne Kleinigkeit essen gehen und später zurückkommen.«

Aber dann blieben die drei wie gebannt bei der Garderobentür stehen und lauschten.

Stimme Nummer eins war laut und heiser. »Mit welchem Recht fordern Sie Vertrauen? Wir haben Ihnen vertraut, als Ihre letzte Zweitbesetzung ausgeschieden ist, aber Sie hatten nichts Besseres zu tun, als eine Bergtour zu machen.«

»Das haben wir doch alles schon besprochen, Mr. Firestone.« Das war Georges Stimme. »Sie selbst haben gesagt, dass man ab und zu ein bisschen Bewegung braucht.«

»Ja, aber vielleicht nicht gerade Bergsteigen, wo Sie genau wussten, dass wir keine Zweitbesetzung für Sie haben. Und Sie haben niemand Bescheid gesagt. Im Gegenteil. Und dann natürlich das Bein verstaucht – gerade als die Besucherzahlen besser wurden.«

Eine tiefere Stimme mischte sich ein. »Das haben wir nicht so ohne Weiteres weggesteckt, dass wir die Show zwei Wochen unterbrechen mussten. Die Theaterbesucher waren ganz schön sauer – wir haben eine Menge Umsatz eingebüßt und uns bis jetzt noch nicht ganz von der schlechten Presse erholt. Ich kann es mir nicht leisten, bei dieser Show wieder Geld zu verlieren. Wenn ich jetzt aussteige, kann ich den Verlust wenigstens in Grenzen halten.«

»Mal langsam, Sid«, kam die Stimme von Firestone. »Es ist zu spät, um die Show abzublasen. Aber es gibt … andere Möglichkeiten.«

»Zum Beispiel Matt Grant engagieren, statt mich?«, sagte George bissig. »Der einzige Filmstar, dessen Alter mit seinem IQ übereinstimmt. Sind Sie gekommen, um mir das mitzuteilen? Ich hatte es für ein Gerücht gehalten.«

»Wenigstens«, sagte Crocker zögernd, »hätten wir dann auf jeden Fall einen Kassenerfolg.«

Einen Augenblick lang herrschte Schweigen. »Gut, Sie sind der Geldgeber, Mr. Crocker«, sagte George schließlich. »Mit Ihrem Geld steht und fällt *Gefahr im Verzug.* Wenn Sie jemanden wollen, der flüstern und murmeln kann, nehmen Sie Matt. Wahrscheinlich wird das Stück ein paar Wochen gut laufen, bis die Leute merken, dass sie Hörgeräte mit ins Theater nehmen müssen. Wenn Sie jemanden wollen, dem die Rolle auf den Leib geschrieben ist, nehmen Sie mich. Übrigens haben wir ja eine neue Zweitbesetzung.«

»Wunderbar, jetzt können Sie also am nächsten Wochenende Drachenfliegen gehen, was?«, sagte Firestone.

»Ich weiß, was Sie von mir halten, Mr. Firestone. Aber die Show ist mir sehr wichtig. Ich bin vielleicht noch nicht in aller Munde, aber die Zuschauer wollen auf der Bühne richtiges Theater sehen. Mit dieser Show schaffe ich den Durchbruch, und jeder wird sagen, dass Sie mich entdeckt haben.«

Am liebsten hätte Justus George angefeuert, aber er verhielt sich still.

»Wir können ja ein anderes Mal über alles reden, wenn wir uns wieder beruhigt haben, okay?«, sagte Firestone.

Man hörte Stühlerücken und Füßescharren. Justus, Peter und Kelly zogen sich rasch von der Tür zurück.

»Ach, übrigens«, fügte George noch hinzu, »da Sie sich ja Sorgen machen wegen dem Geld, denken Sie daran: Ich hab einen Vertrag für die ganze Spieldauer. Wenn Sie mich rausschmeißen, müssen Sie nicht nur Matt eine Gage im Hollywood-Stil zahlen, sondern meine Gage noch dazu, solange das Stück auf dem Spielplan ist.«

»Davon hast du mir nichts gesagt, Manny«, sagte Crocker. Firestone antwortete nicht, aber von George war ein kurzes Lachen zu hören. »Mir scheint, dass Sie nur Geld sparen können, wenn Sie mich in der Show lassen – oder mich beiseite schaffen!«

Wieder Stühlerücken, ein bisschen Murren, und dann flog die Tür auf. Peter und Kelly taten sofort so, als ob sie sich die Sportillustrierte ansähen. Justus hantierte mit den Gegenständen auf dem Requisitentisch, als ob er was ganz Bestimmtes suche.

Aber Requisiten waren das Letzte, an das er dachte. Er spürte eine bohrende Übelkeit in seinen Eingeweiden. Das Gefühl, dass George genau das Falsche zu den falschen Leuten gesagt hatte.

Geisterbeschwörung

»Ich fürchte, George hat gerade seine eigenen Mörder ermutigt«, sagte Justus.

»Wie das?«, fragte Peter.

Die zwei Detektive berieten sich vor dem »Frisierzimmer«, kurz nachdem sie dem Streit zwischen George und dem Produzenten gelauscht hatten. Hinter der Tür sah Kelly zu, wie Lovell Madeira, der Friseur, Georges Haare in Form brachte. »Also, schau mal«, fing Justus an, »George sagt, dass ihm möglicherweise jemand nach dem Leben trachtet.

Es hat Drohbriefe gegeben, Anrufe, mysteriöse Unfälle auf der Bühne. Und dann wird er vor unseren Augen fast einen Kopf kürzer gemacht.«

»Ja und?«, sagte Peter.

»Und George hat Mr. Firestone und Mr. Crocker praktisch aufgefordert, ihn umzubringen.«

»Das hat er doch nicht ernst gemeint, Justus«, sagte Peter.

»Das weiß ich auch«, sagte Justus, »aber die zwei haben doch nur Vorteile, wenn sie George aus der Show und aus dem Vertrag drängen – für immer. Da hätten wir also zwei Verdächtige.«

»Schach«, sagte Peter.

Justus betrat das Frisierzimmer. Der Friseur nahm Kelly aufs Korn, während er an Georges Haar herumschnippelte. »Eine typische Venustochter … auf angenehme Weise an ihrem Äußeren interessiert, sehr sinnlich – aber ganz natürlich. Fühlt sich von Mars angezogen, glaube ich – ziemlich stark sogar.«

Kelly wurde rot.

»Hör auf, meine Freundin mit diesem verrückten Astrogeschwätz zu nerven!«, sagte George.

Lovell Madeira verdrehte die Augen. »Mit Astrologie hat das eigentlich nichts zu tun. Jeder von uns zeigt bestimmte Eigenschaften, die den Planeten zugeordnet werden können –.«

»Du musst es ja wissen«, sagte George mit übermütigem Grinsen, »abgehoben wie du bist.«

Lovell hob die Schere zum Scherz mit drohender

Gebärde. »Reiz mich nicht!« Er bürstete Georges Nacken aus und nahm ihm dann den weißen Umhang ab. »Fertig – der schnellste Haarschnitt der Welt.«

»Kommt mit, Jungs«, sagte George und sprang auf. »Wir ziehen uns was zu essen rein. Ich hab noch fast anderthalb Stunden bis zum Schminken um halb sieben.«

»In Ordnung«, sagte Peter.

»Heißt das, dass du nicht mit uns kommst zum Kontaktaufnehmen?«, sagte Lovell zu George.

»Zu was?«, fragte George.

»Weißt du nicht mehr? Ich hab doch ein paar von den Schauspielern vor der Vorstellung zu mir eingeladen, für 'ne halbe Stunde oder so. Wir wollen Kontakt herstellen, mit Verstorbenen ...«

George zog eine Grimasse. »Vielen Dank, Lovell, aber ich möchte lieber den Kontakt zu einem Cheeseburger herstellen.«

Lovell lachte glucksend, als die Besucher hinter George das Frisierzimmer verließen. Sie liefen die Treppe hinunter zu Georges Garderobe. Zum ersten Mal konnte sich Justus genau umschauen. Die Wände waren eine einzige Reklamefläche für George Brandon – Zeitungsausschnitte, Pressemeldungen, gerahmte Schwarz-Weiß-Porträts, Fanpost. Überall das unbekümmerte, grinsende Gesicht von George.

»Waoh, sieht aus, als ob dein Typ ziemlich gefragt ist«, sagte Peter.

George zog sein T-Shirt aus, das mit Haarschnipseln übersät war, und langte nach einem Hemd, das über einem Kleiderständer hing. »Ach, nur von Leuten, die die Theaterszene kennen – und nur, weil ich Ruth Leslie habe, die beste Pressetante in der Branche.«

»Hör mal, George«, sagte Justus und wechselte das Thema, »wir konnten nicht umhin, einen Teil deines Gesprächs mit den beiden Typen mitzuhören.«

George schnappte sich eine Sonnenbrille und setzte sie auf. »Können wir das im Hamburger-Bistro besprechen? Hier fühl ich mich richtig unwohl.«

Schritte dröhnten durch das Treppenhaus vor Georges Tür. Ein paar Schauspieler mit Leder- oder Leinentaschen über der Schulter liefen vorbei. Sie winkten, als sie an Georges Garderobe vorüberkamen.

Einer hielt an und steckte den Kopf rein. Justus konnte sich erinnern, dass er ihn schon am Morgen in dem Einkaufszentrum kennengelernt hatte. Er war Georges Zweitbesetzung. Seine dunklen Augen funkelten vor überschäumender Begeisterung. »Kommst du mit zu Lovell, George?«

George sah ihn traurig an. *»Et tu,* Vic Hammil? Lovell hat es also geschafft, auch dich von dem Quatsch zu überzeugen?«

Vic lachte. »Natürlich! Es ist die beste Unterhaltung und kommt gleich nach deinem Auftritt in den *Kleinen Strolchen.* Lovell steigert sich richtig rein, und wir tun so, als ob wir Stimmen hören – es ist super. Du wärst begeistert.«

»Nicht genug, um deswegen vor der Vorstellung zu verhungern«, entgegnete George.

»Ist es das, was dich davon abhält?« Vic riss den Reißverschluss seiner Tragetasche auf und deutete auf eine große weiße Papiertüte. »Keiner braucht zu hungern. Das ist aus der neuen Bäckerei, La Corpulence.«

Er öffnete die Papiertüte, der ein warmer, süßer Duft entstieg. Beim Anblick der frischgebackenen Rosinenbrötchen, die mit ihrer Zucker-und-Zimt-Glasur verheißungsvoll glänzten, lief Justus das Wasser im Munde zusammen.

»Los, das wird ein Bombenerfolg«, drängte Vic, und das Glänzen in seinen Augen wurde stärker. »Das lockert dich vor der Vorstellung auf.«

»Was meint ihr, Leute?«, fragte George seine Gäste. »Wegen mir schon«, sagte Peter, und Kelly nickte auch.

Justus zögerte. Rosinenbrötchen standen nun wirklich nicht auf seinem Diätplan. Aber wenn er mitkam, konnte er möglicherweise etwas aufschnappen, was ihn in dem Fall weiterbrachte. Außerdem musste er die Brötchen ja nicht essen. Er konnte sie durchaus auch … riechen.

»Geht in Ordnung, ich komm mit«, sagte er.

»Na denn, auf zur Geisterbeschwörung«, sagte George schwungvoll.

Justus parkte vor einem kleinen zweigeschossigen Haus. Er sah, wie George und Vic hineingingen, während sie kräftig in Vics Tasche langten.

»Na prima«, murrte Justus, »sie bestehen darauf, in Georges Auto zu fahren, und dabei essen sie alle Brötchen auf.«

Ohne auf eine Antwort von Peter und Kelly zu warten, zog er die Handbremse an und sprang aus dem Pick-up.

Lovell Madeira öffnete ihnen. Sein Blick war weit weg und abwesend, seine Stirn umwölkt. »Zieht bitte die Schuhe aus, ich hab gerade frisch gewachst«, waren seine einzigen Begrüßungsworte.

Justus, Peter und Kelly gehorchten, und auf Socken gingen sie durch einen langen schmalen Flur. Er endete in einem kleinen fensterlosen Zimmer, das nur von einer schwachen Lampe mit einem dunklen Stoffschirm erleuchtet wurde, die rechts von der Türe auf einem Tisch stand. Verschiedene fremdartige Karten hingen an den Wänden. Auf den meisten waren Planeten, Sterne und Symbole abgebildet, die Justus nicht kannte. Am Ende des Raumes stand ein schiefes Spinett, daneben eine Büste von William Shakespeare auf einem kleinen Holztisch. Die versammelten Schauspieler saßen im Kreis auf einem alten Perserteppich und hielten sich an den Händen. Lovell nahm seinen Platz in dem Kreis nahe bei der Tür ein und bedeutete Justus, Peter und Kelly, sich neben ihn zu setzen.

Kaum saßen sie, begann Lovell mit leiser, gemessener Stimme zu sprechen. »Schließt jetzt die Augen, und überlasst euch den Gewalten um euch wie ein Schiff.«

Justus hatte keine Ahnung, was das Letztere bedeuten sollte, darum schloss er einfach die Augen.

»Die Stimmen haben mich heute besucht«, fuhr Lovell fort. »Sie sagten, dass sich heute Abend für einen von euch die Tür öffnen wird. Eine Tür, die jedoch Jahrhunderte verborgen war. Ich fragte, für wen, aber das wollten sie nicht sagen. Ich fragte, zu was für einem früheren Leben die Türe führte, aber sie schwiegen.«

Einer der Schauspieler kicherte. Merkwürdig unpassend hing das Kichern in der Luft.

Als Lovell wieder sprach, war es mit einem rauen Flüstern. »›Viel Leid‹, sagten sie wieder und wieder, ›aber schließlich eine große Erleichterung‹.«

Das heißt, wenn ich jetzt faste, werde ich später leichter sein, dachte Justus. Er konnte fühlen, wie sich die Leute rechts und links von ihm sanft hin und her wiegten. Ein paar Stimmen aus der Gruppe begannen zu summen.

»Konzentriert euch auf die Tür … sie öffnet sich … langsam«, raunte Lovell fast tonlos.

Peter stellte sich vor, wie er die Tür von seinem

Toyota Corolla öffnete. Wie lange würde die Reparatur dauern?

»Da…«, flüsterte Lovell, »könnt ihr den fremdartigen neuen Hauch spüren, wie ein sanfter Windhauch!«

Als jetzt wieder einer der Schauspieler zu kichern begann, wurde er von einem lauten »Schhh!« unterbrochen. Justus fiel auf, dass das Schhh nicht von Lovell kam. Ein anderes Mitglied der Gruppe war verärgert. Die Versammlung schien in Trance zu geraten.

»Jetzt… bewegt euch sanft, und folgt dabei eurem inneren Rhythmus…«, sagte Lovell. »Wenn wir uns im Einklang miteinander wiegen, wird sich die Energie der Ausstrahlung verbinden, und der fremde Besucher wird angezogen…« Auch Justus fing an, sich zu wiegen. Bleib cool, sagte er sich. Das ist so eine Art Massenhypnose, sonst nichts. Sonst nichts…

»Ja…«, flüsterte Lovell, und seine Stimme erstickte fast vor Eifer. »Ich glaube, er kommt… einer von euch fühlt ihn doch schon… ja!«

Im nächsten Moment wurde es stockdunkel. Anders als das Dunkel hinter geschlossenen Lidern – plötzlich pechschwarze Dunkelheit. Die Lampe war aus.

»AAUUUUU!« Ein Schrei durchdrang die Stille. Justus sprang auf und hörte ein dumpfes Aufschlagen auf dem Teppich. Er riss die Augen auf. »Macht das Licht an!«, rief er.

Es folgte ein Gerangel von Körpern in der Dunkelheit, Nägel kratzten an der Wand, und dann ging die Deckenbeleuchtung an.

Kelly schnappte nach Luft und griff nach Peters Arm.

»Was zum…«, flüsterte Peter.

Mit geschlossenen Augen und einem hässlichen roten Fleck auf der Stirn lag George ausgestreckt auf dem Boden. Neben seinem Kopf lag die Marmorbüste von William Shakespeare.

George im Rampenlicht

»Nein… nein, wirklich, es geht mir gut«, versicherte George. Er wehrte sich gegen das kalte feuchte Tuch, das Lovell ihm auf die Stirn legen wollte. Seine Stirn blutete zwar nicht von dem Schlag der Büste, aber er hatte eine schlimme rote Beule.

»Ich ruf einen Krankenwagen«, sagte Peter und griff nach dem Telefon.

»Nein!«, erwiderte George. Die Bestimmtheit in seiner Stimme ließ Peter innehalten.

George sah von Peter zu Justus. »Ich darf die Vorstellung heute Abend nicht versäumen – nach dem, was heute Nachmittag passiert ist.«

Justus dachte an den Streit mit Firestone und Crocker, und er konnte Georges Einwand verstehen.

Der Schauspieler hatte Angst, gefeuert zu werden. Bevor irgendjemand fragen konnte, was er meinte, wechselte Justus das Thema. »Wie ist das passiert – bist du gegen den Tisch gestoßen?«

George rieb sich die wunde Stirn. »Nein, ich bin einfach so mit geschlossenen Augen dagesessen, und rrrumms!«

»Das Ding ist verdammt schwer«, bemerkte Kelly und stellte die Büste auf den Tisch zurück.

»Meine Mutter hat schon immer gesagt, ich hätte einen Dickschädel.« George versuchte zu lachen.

»Stand denn die Büste am Tischrand?«, fragte einer der anderen Schauspieler. »Vielleicht haben die Schwingungen im Zimmer –«

Justus schaute sich das Tischchen genauer an. »Das ist ein Serviertisch, die Kante ist ein bisschen erhöht«, sagte er, »die Büste kann nicht einfach runtergerutscht sein.«

»Wir hätten den Geist vielleicht nicht reinkommen lassen sollen«, sagte Vic. Ein vorsichtiges Lachen ging durch die Runde.

Aber Lovell Madeira schien den Scherz nicht komisch zu finden. Sein Blick hatte eine rätselhafte Eindringlichkeit, als er George ansah. Dann sprach er mit bedeutungsschwangerer Stimme. »Du weißt wohl, warum das passiert ist.«

George warf ihm einen verwirrten, fast verängstigten Blick zu. Er lachte nervös und wandte sich ab.

»Was meinst du damit, Lovell?«, fragte einer der anderen.

Ja, was meinte er?, fragte sich Justus. Ich muss George danach fragen, falls ich ihn je alleine zu fassen bekomme.

Lovell sah auf die Uhr. »Vielleicht sollten wir lieber ein anderes Mal damit weitermachen. Wenn wir jetzt gehen, können wir vor halb noch einen Happen essen.«

»Gute Idee«, sagte George und stand auf. Einige der Anwesenden wollten ihm helfen, aber er wies sie zurück, während er langsam zur Türe ging.

Die anderen vom Theater folgten ihm, aber Justus blieb mit Peter und Kelly zurück. »Können wir uns noch kurz umsehen?«, fragte er Lovell.

Lovell stand mit seiner Tasche über der Schulter am Lichtschalter und schüttelte den Kopf. »Es ist sehr wichtig, dass wir jetzt gehen«, sagte er. »Wir hatten Besuch von einer sehr starken Macht, und die Aura des Zimmers muss wiederhergestellt werden.«

»Aber wir wollen nur –«

Bevor Justus weiterreden konnte, knipste Lovell das Licht aus.

Gemeinsam zogen sie durch den Flur ab. Peter und Justus konnten nicht darauf bestehen dazubleiben, ohne Verdacht zu erregen. Vor Frust knirschte Justus mit den Zähnen. Die Untersuchung war vereitelt, bevor sie überhaupt angefangen hatte.

Justus hatte lautes Magenknurren, als er um halb acht durch den Bühneneingang trat.

»Ich hab's gehört«, sagte Peter. »Das kommt davon, weil du uns in dem Hamburger-Bistro so blamiert hast.«

»Was hätte ich denn sonst machen sollen?«, gab Justus zurück. »Fleisch ist bei meiner Diät nicht erlaubt.«

Peter schüttelte den Kopf. »Schließlich hättest du einfach Salat und Tomaten bestellen können, anstatt zu sagen ›Einen Bistroteller, aber ohne Mayo, ohne saure Gurken, ohne Pommes, ohne Brötchen und ohne Fleisch!‹«

Justus zuckte die Achseln. »Ich wollte eben in ihrer Sprache reden.«

George lachte. »Kommt mit, ich hab Künstlerkarten bestellt.« Er blieb stehen, um sich neben seinem Namen auf einer Anwesenheitsliste abzuhaken.

»Wir müssen uns eine halbe Stunde vor Spielbeginn auf der Liste eintragen«, erklärte er. »Wenn wir nicht rechtzeitig hier sind, informiert Jim Bernardi die Zweitbesetzung.«

Kelly fiel eine neue Notiz auf, die an die Pinnwand geheftet war.

»Hey, davon hast du uns gar nichts gesagt, George!« Auf der Notiz stand:

Öffentliche Ausschreibung:

TANZTALENTE GESUCHT

Als Mitwirkende in der Tanzgruppe
von *Gefahr im Verzug*
stellen wir ein:

eine Tänzerin und
einen Tänzer

Interessierte Nachwuchstänzer werden gebeten,
sich am Donnerstag um 11.00 Uhr
zum Vortanzen auf der
Hauptbühne des Garber Theaters zu melden.

»Warum? Willst du vortanzen?«, fragte George.

Kelly wurde rot. »Na ja … warum nicht! Immerhin, ich hab lange Ballett und Jazztanz gemacht.«

»Also, heute ist Dienstag, du hast noch zwei Tage zum Üben!«, sagte George und zwinkerte Kelly zu. Er wandte sich um und ging voran, nicht ohne Louis in seinem Büro zuzuwinken.

Als die vier in Georges Garderobe kamen, nahm er einen Umschlag und reichte ihn Justus. »Das sind sie. Die besten Plätze im Theater, fünfte Reihe Mitte!« Mit einem Stoßseufzer drehte er sich zu ihnen um. »Nicht zu fassen – ich bin richtig nervös, weil ihr heute zuschaut!«

»Keine Bange«, sagte Peter, »wir machen die Augen zu, wenn du dran bist.«

George schubste sie lachend zur Tür. »Los, raus jetzt. Ich muss mich fertig machen!«

Lachend verließen sie die Garderobe. Auf dem Weg zum Zuschauerraum sagte Kelly: »Mann, hat der eine Energie. Er ist jetzt voll drauf für die Show. Und das, nachdem er einen Schlag auf die Birne gekriegt hat.«

Peter nickte zustimmend. »Wisst ihr, ich hab mir nie Gedanken gemacht übers Theaterspielen. Aber die Stimmung hinter der Bühne macht einen ganz … high. Als ob man – allmächtig ist.«

Justus war tatsächlich ein bisschen neidisch auf George. Peter hatte recht. Es war ein starkes Gefühl. Ganz gegen seinen Willen musste er zugeben, dass er langsam anfing zu bedauern, aus dem Showgeschäft ausgestiegen zu sein.

Als das Licht am Ende der Vorstellung ausging, herrschte absolute Stille. Der letzte Auftritt von George war überwältigend gewesen. Der Nachklang seiner eindrucksvollen Stimme schwebte noch durch das Theater.

Der Applaus setzte zögernd und vereinzelt ein. Doch dann brauste donnernder Beifall durch den Zuschauerraum. Innerhalb von Sekunden standen alle auf und jubelten.

»Er war unglaublich!«, rief Peter aus. Er steckte

die Finger in den Mund und ließ einen gellenden Pfiff los.

Die Scheinwerfer gingen an, und der erste Vorhang war für die Tanzgruppe. Dann teilte sie sich und bildete ein Spalier für die Hauptdarsteller.

Als Star der Show kam George als Letzter zur Verbeugung heraus. Der Beifall schwoll an zu frenetischem Gebrüll, als er an den Bühnenrand trat. Er lächelte und verbeugte sich tief. Die Beule auf seiner Stirn war unter dem Make-up nicht zu sehen. Er sah zu Justus, Peter und Kelly hin und zwinkerte. Dann trat er zurück und ergriff die Hände der Mitdarsteller.

»Yeeeahhh –!«, setzte Peter an.

Sein Ruf wurde von einer grellen Explosion unterbrochen. Der Beifall endete jäh in vereinzelten Schreien und erstauntem Gemurmel.

Justus hielt die Luft an. Wo George gestanden hatte, war nur noch eine dicke Rauchwolke!

Der Fluch aus Macbeth

Justus, Peter und Kelly drückten sich an den verwirrten Zuschauern vorbei und stürzten auf den Mittelgang zu.

»Hier geht's durch!«, rief Peter und erkämpfte sich einen Weg durch die Menge, die den Gang verstopfte. Justus und Kelly folgten ihm am Orchestergraben vorbei auf die Bühne. Der Rauch war verflogen. George lag bewegungslos auf dem Bühnenboden, von den anderen Darstellern umgeben. Peter und Justus boxten sich zu ihm durch. »Lasst ihm doch ein bisschen Luft!«, mahnte Justus.

Ein paar von ihnen zogen sich zurück, während sich Justus neben George kniete. Eine Schauspielerin hielt seinen Kopf im Schoß. »Ist er in Ordnung?«, fragte Justus und beugte sich nah über Georges Gesicht, um auf den Atem zu horchen. Er bemerkte ein leichtes rotes Mal auf seiner Stirn.

»Küss meine Stirn«, kam ein atemloses Flüstern.

Justus schnellte zurück. »Bitte?«

»Sie … sie müssen mich von der Bühne tragen … Wo ist das Orchester?«

»George! Ich bin's, Justus Jonas! Alles in Ordnung?«

George schlug blinzelnd die Augen auf. »J-Justus! Ich glaub, ich bin ohnmächtig geworden. Ich hab gemeint, ich spiel die Todesszene aus *West Side Story.*«

Justus sah, dass ein Teil der Darsteller vor Erleichterung lächelte. Aber der verwirrte Ausdruck auf Georges Gesicht bewies, dass er nicht scherzte.

Jim Bernardi und ein großer, athletischer Tänzer halfen George auf die Füße.

»Alles in Ordnung, wirklich«, beteuerte George, als er mit ihnen von der Bühne wankte.

Die Zuschauer, die noch im Saal waren, applaudierten vereinzelt. Während sie nach und nach den Zuschauerraum verließen, warf Justus einen Blick über den Bühnenrand.

Im Orchestergraben untersuchten zwei Elektriker Drähte, die zu einem Metallgerät führten, das am Bühnenrand angebracht war. Buzz Newman und ein anderer Musiker standen dabei und sahen zu.

Justus nickte ihnen grüßend zu. »Was war eigentlich los?«

Buzz zuckte die Schultern. »Möcht ich auch gern wissen. Hat mir fast den Kopf weggeblasen.«

»Wackelkontakt in der Blitzbox«, sagte ein knorriger Elektriker. Er sah Peters verständnislosen Blick. »Das ist der kleine Kasten hier. Da ist ein ganz schwacher Sprengstoff drin, der Rauch erzeugt, wenn er von einem elektrischen Impuls gezündet wird.« Er sah sich den verrußten Kasten an und zuckte mit den Schultern. »Vielleicht ein Spannungsstoß, der einen Fehlimpuls gegeben hat.«

»Kommt das öfters vor?«, fragte Justus.

»War das erste Mal für mich«, antwortete der Mann. »Aber möglich ist es schon.«

Möglich, aber nicht wahrscheinlich, dachte Justus.

Er und Peter sahen dem Elektriker noch ein paar Sekunden zu, dann gingen sie nach hinten in Georges Garderobe, wo Kelly sich mit einigen der Darsteller unterhielt und in einem elektrischen Wassertopf Tee machte. George saß an seinem Schminktisch, den Telefonhörer zwischen Kopf und Schulter geklemmt. »Eine Blitzbox«, sagte er in den Hörer. »Keine Ahnung, warum sie losgegangen ist ... Ich hab mich gerade verbeugt ... Willst du gar nicht wissen, wie's mir geht? ... Ja, es ist nichts passiert, liebe Ruth ... Okay, bis bald.«

Er legte auf und sank in seinen Stuhl zurück. »Hi, Justus«, sagte er. Dann wandte er sich an die anderen Schauspieler: »Seid mir nicht böse, aber ich – ich hab Freunde zu Besuch ...«

Seine Kollegen nickten ihm verständnisvoll zu und verließen den Raum. George fröstelte etwas. Sein Blick wurde zusehends hohl und abwesend. »Drei Unfälle an einem Abend«, sagte er und berührte vorsichtig seine Stirn. »Ich weiß nicht, ob ich noch viel mehr verkraften kann, bevor ich ...« Seine Stimme erstarb.

Justus beugte sich vor. »Warum fängst du nicht von vorne an und erzählst mir, was du von den Leuten weißt, die mit der Show zu tun haben.«

Er bemerkte, dass sich Georges Blick hob und an ihm vorbeisah. Er wandte sich um und sah Lovell Madeira in der Tür stehen.

»Gott sei Dank ist dir nichts passiert«, sagte Lovell.

George grinste halbherzig. »Was meinst du, Lovell? Hat der alte Will noch mal Gnade walten lassen? Vielleicht sollte ich doch nicht mehr ›Macbeth‹ sagen, hmm?«

Lovell erstarrte. »Du hast es immer noch nicht begriffen, was?«

»Nur zu eurer Information«, wandte sich George an Justus, Peter und Kelly, »ich darf nicht ›Macbeth‹ sagen. Wenn ich es sage, dann trifft mich der Fluch aus *Macbeth*.«

Jedes Mal, wenn er das Wort »Macbeth« aussprach, wurde Lovells Miene unwilliger. »Hör auf, George!«

»Was läuft hier eigentlich?«, fragte Peter.

Lovell schüttelte bekümmert den Kopf. »Es ist der älteste Theaterfluch der Welt. Der Titel von Shakespeares schottischem Stück darf außerhalb der Bühne auf keinen Fall erwähnt werden. Großes Unglück kommt über den Schauspieler, der es dennoch tut –«

»Er meint das Stück *Macbeth*«, unterbrach George.

Lovells Nasenflügel bebten. »Es sind schon welche umgekommen, die sich über den Fluch lustig gemacht haben! Und glaub ja nicht, dass du die Ausnahme von der Regel bist. Du meinst wohl, es sind Unfälle, all die Dinge, die passiert sind?« Er wandte sich ab und sah noch mal über die Schulter.

»Lass dir von einem Freund raten. Du kannst dich auflehnen, wenn du willst, aber sei vorsichtig. Der Geist von William Shakespeare hat noch nie vergeben!« Mit hoch erhobenem Kinn marschierte er in den Vorraum.

Peter sah Justus vielsagend an.

George intonierte leise eine Trompetenfanfare. »Was für ein Spinner. Es macht mir einfach Spaß, wenn er mit diesen abergläubischen Märchen loslegt.«

Justus schien in Gedanken.

Nach einem Augenblick sagte Peter: »Vielleicht liegt er nicht so falsch. Zur Zeit geht ja wirklich alles schief.«

George verdrehte die Augen. »Jetzt hat er dich auch von diesem Hokuspokus überzeugt!« Er sah von einem zum anderen und verschränkte missmutig die Arme. »Okay, ihr seid die Experten. Ich werde mir Mühe geben, Lovell nicht mehr zu ärgern.«

»Gut«, sagte Justus und wechselte das Thema, »jetzt erzähl uns mal, wer alles an der Show beteiligt ist.«

Eine Stunde später verließen sie das Theater, George in seinem Wagen und Justus, Peter und Kelly in dem Pick-up. Justus hatte aufmerksam zugehört, als George sie über die Theaterleute informierte. Aber es war eigentlich nichts dabei rausgekommen.

Justus fuhr hinter George her, um sicherzugehen, dass er heil nach Hause kam. Kelly mussten sie aufwecken, als sie endlich bei ihr zu Hause ankamen. Justus setzte sie ab und machte sich mit Peter zur Zentrale der drei ??? auf.

Die Zentrale war am Rande von Rocky Beach. Dort betrieben Tante Mathilda und Onkel Titus das

»Gebrauchtwaren-Center T. Jonas«, das ungewöhnlichste Schrott- und Trödellager der Gegend. Über die Jahre hatten die beiden nützliche und exotische Kuriositäten gesammelt – alles, vom Toaster bis zu seltenen Büchern.

Als Justus und Peter durch das schmiedeeiserne Tor fuhren, das Onkel Titus von einem alten Anwesen gerettet hatte, waren sie schon wieder ganz bei ihrem Fall.

»Ich tippe auf Bernardi«, sagte Peter. »Er blickt's doch hinter der Bühne und könnte die Explosion ausgelöst haben.«

»Stimmt«, antwortete Justus. »Aber er war nicht bei Lovell Madeira. Also konnte er nicht das Licht löschen und die Shakespeare-Büste auf George kippen. Und denk mal an das Schild.«

Er hielt vor der Zentrale, einem ausrangierten Campingwagen, an den er eigenhändig eine Erweiterung gebaut hatte. Der Anbau wirkte ziemlich vergammelt, aber die Satellitenschüssel auf dem Dach ließ ahnen, wie er innen aussah – ein vollelektronischer Arbeitsraum mit Videokamera, Kabelfernsehen, Infrarotanlage und stimmempfindlichen Tonbandgeräten.

»Außerdem«, fuhr Justus fort, »wo ist das Motiv? Was soll Bernardi gegen George haben?«

Peter zuckte die Achseln, während sie die Zentrale betraten. »Keine Ahnung. Ist halt nur so 'n Gefühl. Was meinst du denn, wer's war – dieser Bruno?«

»Tja, er war dabei, als das Schild runterkam, und er arbeitet hinter der Bühne – aber George hat ja vorhin gesagt, dass er nur mit Requisiten zu tun hat, nichts mit der elektronischen Ausrüstung.« Justus ließ sich auf das Sofa fallen und stellte mit der Fernbedienung die Nachrichten im Fernseher ein. »Natürlich könnte er aus irgendeinem beliebigen Grund einen Hass auf George haben. Ich glaub, er hat einen Hass auf alles.«

Peter setzte sich neben ihn. »Also, die Blitzbox war ja im Orchestergraben. Vielleicht war's gar kein Elektriker, der sie hochgehen ließ. Vielleicht war's ja ein Musiker.«

»Zum Beispiel Buzz Newman?«

Peter nickte. »Und Lovell kann man auch nicht ganz ausschließen. So ein Spinner, Mann, der ist doch zu allem fähig. Und dann Vic Hammil. Er war in Lovells Wohnung dabei, und wenn George irgendwas passieren würde, rat mal, wer dann der neue Star der Show würde?«

»Nicht unbedingt Vic Hammil«, widersprach Justus. »Manny Firestone würde wahrscheinlich sofort mit Matt Grant abschließen. Also, Firestone kann man eigentlich auch nicht ganz ausschließen.«

Statt zu antworten, saß Peter plötzlich bolzengerade da. »Schau dir das an, Mann!«

Das Garber Theater war auf dem Bildschirm zu sehen. Langsam fuhr die Kamera zurück und wurde auf Judy Coleman gerichtet, die gerade das Interview mit George vom Nachmittag machte. Ihre Stimme war kaum zu hören, denn der Kommentar aus dem Off übertönte sie: »Unser letzter Bericht befasst sich mit weiteren merkwürdigen Vorfällen im Zusammenhang mit der Show *Gefahr im Verzug,* die sich alle am heutigen Tage ereigneten. Am späten Nachmittag entkam der Star George Brandon nur knapp einer schweren Verletzung, als ein Schild von einem Kran über ihm herabstürzte.« Schnitt, dann Bruno, wie er panikartig aufschrie. Wieder Schnitt und eine Zeitlupenaufnahme, wie das Schild auf den Gehweg stürzte und sich alle in Sicherheit brachten.

Peter duckte sich unwillkürlich, als das Schild auf dem Boden zerschellte. Als Nächstes sah man auf dem Bildschirm Georges schweißnasses, schockiertes Gesicht, das in Judys Mikrofon stotterte.

Dann wurden die Explosion auf der Bühne und der Unfall bei der spiritistischen Sitzung geschildert.

»Wie haben die Fernsehfuzzis denn das schon wieder rausgekriegt?«, fragte Justus.

»Sind das alles Unfälle, oder steckt etwas mehr, womöglich Übernatürliches, dahinter?«, fuhr der Sprecher fort. »Die Spätnachrichten haben mehrere Leute befragt, von denen zumindest einer der Ansicht ist, dass hier eine höhere und sehr gefährliche Macht im Spiel ist.«

Lovell Madeira erschien. Er stand vor dem Theater,

starrte nervös in die Kamera und erzählte von dem Macbeth-Fluch und dass George ihn nicht ernst nahm. Als er fertig war, wandte sich der Reporter zur Kamera um. Mit ernster Miene sagte er: »Es ist ein ungeschriebenes Gesetz in der Theaterwelt, dass der richtige Titel des sogenannten Schottischen Stücks hinter der Bühne keinesfalls je erwähnt werden darf. Ist das Aberglaube? Manche glauben ja, aber auch sie schrecken davor zurück, den Titel des Stückes auszusprechen. Vielleicht werden wir nun, über dreihundertfünfzig Jahre nach dem Tod des Barden vom Avon, erfahren, warum sich dieser Brauch gehalten hat. George Brandon, dem der Schock noch in den Knochen sitzt, kann vielleicht berichten, dass der Preis für die Überschreitung des Tabus ein sehr, sehr hoher sein kann.«

Peter wandte sich an Justus. »Wer ist der Barde vom Avon?«

»So wird Shakespeare genannt.«

Peter sah unbehaglich aus. »Äh, Justus, ich weiß, dass du an solches Zeug nicht glaubst, aber da liegt die Antwort.«

»Was meinst du?«

»Weder Buzz noch Lovell noch irgendeiner von den Typen ist hinter George her. Es ist der Geist von Shakespeare!«

Infos per Computer

Bob machte große Augen, als Justus ihm am nächsten Morgen erzählte, was alles passiert war. »Stark, Mann! Ich hätte mal lieber mit euch gehen sollen gestern Abend«, sagte er. »Die Band war total daneben.«

Justus wandte sich ab und schaltete seinen Computer ein. »Ich weiß, dass du diese Woche ziemlich beschäftigt bist, aber vielleicht kannst du dich ein bisschen umhorchen.«

»Ich red mal mit Buzz. Er kommt sowieso gleich hier vorbei.«

Justus drehte sich rasch um. »Er kommt her?«

»Genau«, sagte Bob etwas zögernd, weil Justus vorwurfsvoll geklungen hatte. »Er ist ein absoluter Freak von Klangsystemen. Als ich ihm von unserer quadrofonischen Anlage hier erzählt habe, wollte er ein paar Bänder ausprobieren.«

»Hast du ihm gesagt, wer wir sind?«

»Nein. Nur, dass wir hier rumhängen, sonst nichts. Hab ich was vermasselt?«

»Nein, überhaupt nicht. Aber pass auf, dass wir als die drei Detektive unerkannt bleiben. Noch ist jeder verdächtig in diesem Fall – einschließlich Buzz.«

Er drehte sich auf seinem Drehstuhl zurück zu seinem Computer. Es war einer von dreien, die gewöhnlich in dem klimatisierten Campingwagen, der »Zentrale«, stationiert waren. Aus Bequemlichkeit hatte Justus einen in den Arbeitsraum geholt.

Mit ein paar flinken Bewegungen der Finger klickte sich Justus in das DataServe-Netzwerk ein, ein Informationsprogramm, das ein ganzes Lexikon enthielt.

»Hey!«, kam eine Stimme von der Tür her. »Ist jemand da? Brauch ich ein geheimes Kennwort?«

Bob warf Justus einen kurzen Blick zu, dann rief er: »Komm schon rein, Buzz!«

Buzz kam rein, einen Segeltuchrucksack über einer Schulter. Er sah sich im Arbeitsraum um und grinste breit. »Waa-ohh, echt stark hier. Wie wird man Mitglied?«

Bob lachte. »Darüber reden wir, wenn du uns deine Bänder gezeigt hast.« Er griff in den Rucksack und nahm eine Handvoll Kassetten heraus. »Iiii! Starlight Express, West Side Story, Cats, Phantom der Oper – alles Musicals. Was ist los, hast du aus Versehen die Sammlung von deinem Alten mitgebracht?«

»Quatsch, Mann!«, sagte Buzz. »Ich fahr da schon 'ne Weile voll drauf ab.«

Bob schüttelte den Kopf. »Und ich denk, du bist Rockmusiker. Das hier ist doch so... seicht, verglichen mit dem guten Zeug.«

»Ich weiß, was deine Szene ist. Ich war auch nicht scharf drauf, bis ich George Brandon kennengelernt hab. Ich schwör euch, der Typ kennt jeden Song aus jedem Musical, das je geschrieben worden ist. Ein Haufen davon ist Mist, aber ein paar sind echt besser, als man erwartet!«

Bob sah ihn gelangweilt an. »Und ich hab immer gedacht, du spielst in *Gefahr im Verzug* mit, um Kohle zu machen. Sieht eher so aus, als ob du dich verkaufst.«

»Hey, lass Luft ab. Ich muss auch Kohle machen, Mann. In so einer Erfolgs-Show zu spielen, ist das Beste, was einem passieren kann – das weißt du doch auch. Und warum soll ich dann nicht versuchen, in die Musik reinzukommen?«

Bob seufzte und ließ sich auf einen Stuhl fallen. »Okay, aber ich hab gehört, dass das Leben im Show-Geschäft nicht viel leichter als in der Rock-Szene ist. Wenn die Show abgesetzt wird, bist du deinen Job los. Und mal ehrlich, das große Geld wird doch beim Rock gemacht – wenn man es geschafft hat.«

»Klaro«, sagte Buzz, »die paar, die es schaffen …« Er trat an ein Kassettendeck und legte die Kassette mit *Phantom der Oper* ein. »Ein super Musical. Hör mal zu!«

Ein bisschen unheimliche, fetzige Musik hallte durch den Arbeitsraum. Das gefiel Justus. Es versetzte ihn in die richtige Stimmung, um Informationen über den Macbeth-Fluch zu suchen. Seine Finger flogen über die Tastatur. THEATER … ABER-

GLAUBE … VERFLUCHUNGEN … Er überflog die Stichworte und fand nichts. MACBETH …

Auf dem Bildschirm erschien eine Zusammenfassung des Stücks, nämlich über einen Mann, der Macbeth hieß – er begeht einen Mord, um König zu werden – wird von Hexen gewarnt, dass er sterben wird, wenn der Wald um das Schloss herum auf ihn zukommt – die Prophezeiung trifft ein – aber der Wald, das sind Soldaten, die zu ihrer Tarnung Zweige vor sich halten. Macbeth stirbt in einem blutigen Kampf.

Justus ließ nun die historischen Fakten durchlaufen. Schließlich kam noch eine Liste mit vier Filmen, die nach diesem Stoff gemacht worden waren.

Plötzlich hörte Justus auf zu lesen. *Wald kommt auf ihn zu …* warum klang das so vertraut?

Das Läuten des Telefons schreckte ihn auf. Er griff nach dem Hörer, aber Bob war schon dran.

Das Telefon! Da waren doch diese verrückten Telefonanrufe und Briefe, die George bekommen hatte. Justus kramte die Notizen zum Fall aus einem Aktenschrank und überflog die erste Seite. Da stand auch schon, was er suchte.

- Britischer Akzent, ältere Stimme sagt: »Wehe dir, Thespisjünger!«
- Briefe mit Botschaften, z. B. er stirbt auf einem Thron voll Blut
- Brief: etwas mit einem Wald, der ihn verschluckt

Justus lehnte sich in seinem Stuhl zurück. Die Drohungen mussten etwas mit *Macbeth* zu tun haben. Und ganz sicher nahmen sie Bezug auf den Macbeth-Fluch – den Fluch, den George so respektlos verhöhnte.

Justus überlegte. Könnte Lovell die Stimme gewesen sein und die Briefe geschrieben haben? Würde er so viel Aufwand betreiben, um zu beweisen, dass der Fluch wirklich existierte? Und wenn ja, war er auch für die Anschläge auf Georges Leben verantwortlich? Was hatte er davon?

Oder vielleicht wurde Lovell von jemand benutzt – jemand, der wusste, wie ernst Lovell den Fluch nahm.

Justus überkam ein ungutes, bohrendes Gefühl. Gab es den Fluch am Ende wirklich? Er versuchte, darüber zu lachen. Peter glaubte an Geister, nicht er.

Und trotzdem …

Seine Gedanken wurden von Bobs Stimme unterbrochen. »Peter war dran, Justus. Er lässt dir sagen, dass er zur Schule rübergeht. Er will Kelly und den Mädchen ein bisschen zuschauen. Heute ist doch Cheerleader-Treffen.«

»Was ist los?« Justus war noch ganz in Gedanken.

»Du weißt doch, die Mädchen üben ihre Lieder und Slogans, mit denen sie die Fans anfeuern.«

»Ach so, Fußball oder so … Danke«, sagte Justus geistesabwesend.

»Okay, jetzt reicht's mit dem Zeug«, sagte Bob zu

Buzz, als die Kassette abgelaufen war. »Wir könnten doch was essen, beim Mexikaner – ich lad euch ein!«

»Super Idee, Mann«, sagte Buzz.

»Und du, Justus?«, fragte Bob.

Bei dem Gedanken an knusprige Tacos lief Justus das Wasser im Mund zusammen. Aber er hatte inzwischen so viel Wind um seine Diät gemacht, dass er nicht mehr zurückkonnte. Seine Bermudas hörten gerade auf zu spannen. »Nein danke«, antwortete er, »ich bin noch mitten in meinen Nachforschungen. Außerdem hab ich eine Verabredung mit Peter. George hat uns eingeladen, ihm beim Einstudieren einer neuen Tanznummer zuzuschauen.«

»Dann sehen wir uns ja später«, sagte Buzz und folgte Bob aus dem Arbeitsraum.

Justus versuchte, sich auf den Bildschirm zu konzentrieren. Aber er konnte nur noch an all die Mahlzeiten denken, die er in den letzten Tagen abgelehnt hatte: saftige Schinken-Cheese-Burger in Buds Reformkost, knusprige Tacos, ofenfrische Rosinenbrötchen... Deutlich erschien ein Bild vor seinen Augen, das Bild von George und Vic, wie sie vor Lovells Wohnung in die klebrigen Rosinenbrötchen bissen...

Lovells Wohnung.

»Hmmmmm«, murmelte Justus. Gestern war etwas unerledigt geblieben, etwas, das Aufschluss geben konnte...

Er schob den Stuhl zurück und ging. Kohlehydrate – ade! Hoffentlich war Lovell Madeira noch zu Hause.

Eine klebrige Angelegenheit

Als Erstes fuhr Justus zur Rocky Beach High School. Er parkte in der Nähe des Fußballplatzes, und mit einem Blick suchte er die Tribünen nach Peter ab.

Der war nicht schwer zu finden. Er saß allein in der ersten Reihe, praktisch das Einzige männliche Wesen weit und breit. Die Gruppe der Cheerleader stand nicht weit davon entfernt im Kreis und feuerte eine imaginäre Anhängerschaft an. Ihre Stimmen tönten im Takt durch die warme Mittagsluft:

»Wir vertrauen jedem Mann!

Rocky Beach ist vorne dran!«

Keine Konkurrenz für Shakespeare, schoss es Justus durch den Kopf, als er die Tribüne betrat. Peter saß zurückgelehnt, die Ellbogen auf die Bank hinter sich gestützt. Er lächelte Justus zu. »Hab's mir schon gedacht, dass du kommst. Sind ein paar neue Mädchen in der Gruppe, echt scharf.«

»Wirklich?« Justus sah auf das Spielfeld, wo Kelly gerade mit den anderen einen weiteren Slogan einübte. Peter hatte recht. Aber das war eigentlich egal. Je hübscher ein Mädchen, desto unwohler fühlte sich Justus. Schon beim Gedanken an Mädchen bekam er einen Knoten in den Hals.

Aber zur Zeit war es sein Job, Knoten zu entwirren, nicht neue zu machen. »Deshalb bin ich nicht hier«, sagte er. »Ich hab da so eine Idee – dafür muss ich Lovell Madeiras Wohnung sehen, bevor die Probe anfängt. Aber erst muss ich Kelly was fragen.«

Peter schaute aufs Spielfeld. »Frag sie am besten jetzt. Sieht aus, als ob sie Pause machen.«

Justus stand auf und trat auf den Rasenstreifen vor der Tribüne. Er bemerkte, dass er die Aufmerksamkeit von zwei der Mädchen erregte. Sofort hatte er das Gefühl, dass seine Beine wie Baumstämme angewachsen waren. Er spürte, wie sein Bauch jeden einzelnen seiner Knöpfe zu sprengen drohte. Plötzlich stieß er mit dem Fuß gegen den Rand des gummierten Asphaltstreifens, der das Fußballfeld umgab. Er strauchelte und stolperte schwer über den Asphalt, als er versuchte, den Fall aufzufangen.

»Uff!«, entschlüpfte ihm ein erschrockener Schnaufer. Die beiden hübschen Mädchen wechselten einen belustigten Blick und wandten sich ab.

Justus fühlte sich elend. In Sekunden hatten sie ihn taxiert und abgetan. Und was war in eben diesen Sekunden mit ihm geschehen? Er wünschte nichts sehnlicher und dringender, als in ein Mauseloch verschwinden zu können.

Nein – er durfte diesem Gefühl nicht nachgeben.

Nicht, solange es einen Fall zu lösen gab, der all seines Spürsinns bedurfte. Wenn er sich je auf seine Schauspielererfahrung verlassen musste, war es jetzt. Justus richtete sich auf und schlenderte auf das Spielfeld, mit einem Gang, der Selbstsicherheit ausstrahlte.

»Justus, alles in Ordnung? Du siehst ein bisschen komisch aus«, empfing ihn Kelly.

Zumindest hatte er geglaubt, dass er Selbstsicherheit ausstrahlte. »Nein, alles in Ordnung. Ich muss dich sprechen – alleine.«

»Geht klar.« Sie ging mit ihm außer Hörweite der anderen an die Bande hinüber. »In fünf Minuten muss ich zurück. Wir üben einen neuen Slogan für den ersten Schultag ein.«

»Ich will nur eins wissen. Du hast doch gestern bei Lovell Madeira die Shakespeare-Büste aufgehoben, die auf George gefallen war. Kannst du dich erinnern, wie sie sich angefühlt hat?«

Kelly zögerte. »Wie … wie Marmor eben. Kühl, glatt …«

»Was ich meine, war irgendetwas dran, so was wie ein Fleck?«

Kelly dachte kurz nach. »Also, jetzt, wo du's sagst, ich erinnere mich, dass sie irgendwie klebrig war.«

»Wie klebrig?«, fragte Justus und versuchte, seine Erregung zu zügeln. »Wie Klebstof? Oder wie was Süßes?«

»Das hab ich nicht bemerkt. Ich –«

Sie wurde von Peters Stimme unterbrochen. »Hey, kann ich mitmischen?«

Sie schauten sich um und sahen ihn kommen. »Peter«, sagte Justus, »deine Freundin sieht ganz nach einer großen Detektivin aus.«

»Das hätte ich dir gleich sagen können«, warf Kelly ein. »Äh, was wollte ich sagen?«

»Ich bin mir nicht sicher.« Justus warf einen Blick auf die Stadionuhr. Es war ein Uhr fünf. »Wir haben eine knappe Stunde, um Lovell zu besuchen. Wir müssen um zwei im Theater sein. Dann fangen die Proben für die neue Tanznummer an. Ich hab das Gefühl, dass –«

»Einen Moment mal«, unterbrach Kelly. »Hast du wir gesagt?«

»Äh, ja«, sagte Justus, erstaunt über ihren strengen Ton. »Peter und ich. Du könntest gerne mitkommen, aber du musst ja üben.«

Statt einer Antwort schoss Kelly Peter einen Blick zu.

Peter wand sich ungemütlich. »Äh, tja ... also, weißt du, Justus, Kelly studiert einen neuen Slogan ein, den sie selbst erfunden hat, und ich soll – das heißt, ich möcht mir das wirklich ansehen.«

Kelly lächelte, und Justus verstand sofort, dass er nicht mit Peter rechnen konnte. Einen Augenblick lang war er verärgert. War er eigentlich der einzige Detektiv, der diesen Fall ernst nahm? Aber dann dachte er an all die Gelegenheiten, bei denen Bob und Peter dabei gewesen waren.

»Dann treffen wir uns um zwei im Theater?«, fragte er.

»Unsere Probe ist um halb zwei aus«, sagte Kelly. »Wir kommen beide.«

»Super. Bis dann.«

Justus lief zum Parkplatz zurück. Als er an den Mädchen vorbeikam, zog er schnell den Bauch ein. Er konnte Peter nicht wirklich zum Vorwurf machen, dass er so gut bei Mädchen ankam. Er stieg in den Pick-up und steuerte ihn auf die Schnellstraße in Richtung West Hollywood.

Was jetzt kam, würde nicht leicht sein. Beim Fahren überlegte er sich, wie er Informationen von Lovell bekommen könnte, ohne zu verraten, wozu er sie brauchte.

Es war genau halb zwei, als er vor Lovells Wohnung parkte. Er lief den zementierten Fußweg entlang, läutete an der Haustür und wartete.

»Ja?«, fragte eine gedämpfte Stimme von innen.

»Justus Jonas.«

Es folgte erst mal Stille.

»Der Freund von George Brandon!«, fügte Justus hinzu.

Die Tür wurde aufgerissen. »Ich wusste nicht, dass du Justus heißt«, sagte Lovell und blinzelte ihn an. »Sherlock wäre besser. Neugierig und immer auf der Suche nach Informationen.«

»Also, um ehrlich zu sein«, sagte Justus, der sich plötzlich ziemlich unbehaglich fühlte, »ich wollte Ihnen tatsächlich ein paar Fragen stellen. Kann ich reinkommen?«

Lovell sah auf die Uhr. »Ich muss in ein paar Minuten ins Theater. Was willst du wissen?«

»Ich komme gleich zur Sache, Mr. Madeira«, sagte Justus mit einem besorgten Stirnrunzeln. »Ich mach mir Sorgen um George. Er zieht das Unglück auf sich, indem er den Fluch verhöhnt. Ich hätte gerne Ihren Rat, was ich – als Freund – machen kann.«

Mit feierlichem Nicken trat Lovell zurück. »Komm rein.«

Über sein Gesicht zuckte etwas wie Triumph, als er Justus in das Zimmer am Ende des Flures führte. »Dich hat also unsere Sitzung beeindruckt?«

»Genau. Obwohl ich gestehen muss, dass ich ab und zu fast vom Hunger überwältigt wurde.«

Lovell schmunzelte. »Ja, diese Dinge finden am besten mit leerem Magen statt. Ich hatte auch den ganzen Tag nichts gegessen.«

Justus merkte sich das. Anscheinend hatten George und Vic alle Rosinenbrötchen alleine gegessen.

Das Zimmer mit den astrologischen Karten war aufgeräumt. Lovell betätigte den Lichtschalter, der direkt rechts neben der Tür war. Etwas weiter rechts war eine Steckdose mit einem langen Kabel, dessen mittlerer Teil in mehreren Schlingen auf dem Boden lag und dann bis zu der Lampe auf dem Tisch lief. Auf einem anderen Tisch an der gegenüberliegenden Wand stand die Büste von Shakespeare und schaute missmutig drein.

Justus schätzte, dass die Büste rund fünf Meter von der Steckdose mit dem Kabel entfernt war. Er versuchte, sich zu erinnern, wer wo auf dem Perserteppich gesessen hatte: Rechts von der Türe zuerst Lovell, dann ein Mädchen mit Brille, ein Junge mit Locken, dann Vic, dann drei weitere Darsteller aus der Show. Danach kam George, ganz nah bei der Büste, dann zwei oder drei Schauspielerinnen. Mit Justus, Peter und Kelly hatte sich der Kreis von links her geschlossen.

Inzwischen hatte sich Justus schnell eine Angriffstaktik überlegt. »Es ist nur, dass ich immer noch nicht ganz glauben kann, dass es sich nicht um eine Art … äh …«

»Um einen Trick handelt?« beendete Lovell den Satz und lächelte gelassen. »Ja, den Eindruck haben viele Anfänger bei einer Erscheinung. Aber dann sag mir doch mal, wie die Lampe ganz von alleine ausgehen konnte?«

»Vielleicht hat sie eine Zeitschaltung«, erwiderte Justus.

Lovell schmunzelte wieder. »Ja, und dann bin ich im Dunkeln über euch alle durch das Zimmer gesprungen, habe die Büste umgeworfen und bin zurückgerast, um die Deckenlampe anzuknipsen, stimmt's?«

»Oder die Birne ist durchgebrannt oder so. Haben Sie das überprüft, als Sie nach Hause gekommen sind?«

»Natürlich. Die Birne war in Ordnung. Der Stecker war rausgezogen.«

Volltreffer, dachte Justus. Das hätte ich bemerken müssen. War wohl zu besorgt um George. »Vielleicht hat ihn jemand rausgezogen«, schlug er vor.

»Nicht jemand«, sagte Lovell unheilschwanger, »etwas.«

Justus tat so, als ob ihn diese Bemerkung tief beeindruckte. »Es ist wirklich sehr merkwürdig…«

Lovell legte einen Arm auf Justus' Schulter. »Junger Mann, du trägst deinem Freund gegenüber Verantwortung. Er wird sicher mehr auf dich hören als auf mich. Sprich mit ihm. Warne ihn.« Dann sah er auf die Uhr. »Ich will ja nicht unhöflich sein, aber ich muss zum Theater. Die Proben warten nicht.«

»Natürlich.« Justus drehte um und ging den Flur entlang. »Ach übrigens, meine Freundin Kelly wollte sich entschuldigen. Wissen Sie, sie hatte vor der Sitzung von den Rosinenbrötchen gegessen, und wir sind ja so spät gekommen, dass sie sich nicht mehr die Hände waschen konnte. Sie befürchtet, dass sie in dem Durcheinander, nachdem das Licht aus war, ein paar klebrige Spuren an Ihren Sachen hinterlassen hat.«

Lovell überlegte kurz und nickte. »Ja, hat sie nicht die Büste aufgehoben? Ich musste tatsächlich eine zuckerartige Schicht davon abwaschen. Roch nach Zimt. War übrigens auch am Lichtschalter.«

Justus ließ sich seine Überraschung nicht anmerken. »Also, es tut ihr leid.«

Lovell lächelte. »Sag ihr, es macht nichts. War im Nu weggewischt.«

»Danke.«

Beide verließen die Wohnung. Während Lovell hinter sich abschloss, sagte er: »Du musst wieder mal mitmachen – allerdings warte ich lieber, bis Will sich beruhigt hat.«

»Will?«

»Na, Shakespeare natürlich.«

»Ach so, ja«, sagte Justus. »Also, bis nachher im Theater.«

Er stieg in den Pick-up und fuhr auf die Schnellstraße. Der Tacho schnellte auf achtzig, aber sein Gehirn hatte gute hundertfünfzig drauf. Jetzt war alles klar – Vic war der Schuldige. Außer George hatte nur er die klebrigen Brötchen gegessen. Hatte er den Stecker ziehen, durchs Zimmer gehen, die Büste umwerfen und dann zurück durchs Zimmer und das Licht anknipsen können – im Dunkeln?

Justus zog die Stirn in Falten. Es war die gleiche Situation, über die Lovell sich kurz vorher lustig gemacht hatte. Aber Vic war jünger und schneller als Lovell. Ganz unmöglich war es nicht.

Eines war Justus allerdings vollkommen klar. Der Schuldige war nicht der Geist von William Shakespeare.

Es sei denn, der Geist aß Rosinenbrötchen.

Theaterdonner

Bevor Justus in den Theaterparkplatz einfuhr, verlangsamte er die Fahrt zum Schritttempo. Eine Menschenschlange teilte sich, um ihn durchzulassen. Sein Blick verfolgte die Schlange nach rechts. Die Leute standen fast den ganzen Häuserblock entlang bis zur Theaterkasse.

Die haben wohl gestern alle die Spätnachrichten gesehen, dachte Justus. Unglaublich, wie so ein paar Unfälle das Geschäft beleben – sogar bei Voraufführungen.

Er fuhr über eine Bodensperre von gefährlich aussehenden Metallspikes, die alle mit den Spitzen auf den Parkplatz zu ausgerichtet waren. Sie waren auf gefederte Scharniere montiert, sodass die Spikes im Boden versenkt wurden, wenn man in den Parkplatz hineinfuhr. Wenn man hier herausfahren wollte, statt die Ausfahrt zu nehmen und die Parkgebühr zu zahlen, wurde aus den Reifen ein Haufen zerfetzte Gummis. Obwohl diese Installation in Südkalifornien ziemlich häufig war, musste Justus dabei immer an mittelalterliche Folterkammern denken. Mit metallischem Scheppern sprangen die Spikes wieder hoch, nachdem die Reifen sie passiert hatten. Justus parkte und lief zum Bühneneingang.

Louis nickte ihm zu, als er am Schwarzen Brett vorbei durch den Gang lief. Direkt hinter der Bühnentür traf er auf Peter und George. Justus konnte keine Spur einer Beule auf Georges Stirn entdecken.

»Grüß dich«, sagte er. »Wie ich sehe, hast du die Nacht heil überstanden.«

George klopfte dreimal auf einen Requisitentisch. »Toi, toi, toi. Bis jetzt ist nichts passiert, seit unserem letzten Treffen.«

Justus sah sich um. »Ich hab gedacht, Kelly wollte auch kommen.«

»Ist da drüben«, sagte Peter und nickte mit dem Kopf in eine schwach erleuchtete Ecke.

Kelly übte ein paar Jazztanz-Schritte. Ihr langes braunes Haar wippte dabei auf und ab.

»Was macht sie?«, fragte Justus.

Peter grinste. »Kannst du dich an den Aushang im Gang erinnern?«

»Du meinst die Ausschreibung? Will sie mitmachen?«

»Wer weiß«, sagte Peter mit einem Achselzucken. »Sie träumt eben ein bisschen.«

»Plätze einnehmen für *Kyoto con Moto*!« Knackend kam die Stimme von Jim Bernardi über die Lautsprecheranlage.

»Das ist die große Tanznummer, die wir heute einschieben«, sagte George. »Schaut's euch doch vom Haus aus an.«

»Er meint den Zuschauerraum«, erklärte Justus, als er Peters perplexen Ausdruck sah.

Sie winkten Kelly zu sich, und dann gingen alle drei durch eine Seitentür in den Zuschauerraum. Kaum hatten sie Platz genommen, gingen die Bühnenlichter aus. Ein Motor brummte, und dann fing ein Klavier aus dem Orchestergraben heraus an, sanfte orientalische Musik zu spielen.

»Wo sind die anderen Musiker?«, flüsterte Peter.

»Zu teuer für jede Probe«, antwortete Justus.

Jetzt gingen verschiedene Scheinwerfer an und beleuchteten eine Szenerie aus riesigen, durchscheinenden japanischen Wandschirmen von hinten. Das Bühnenbild wirkte schlicht und ruhig, hatte aber gleichzeitig etwas Unheimliches.

Die Musik wurde plötzlich laut und rhythmisch, mit starkem Rock-Beat. Hinter den Wandschirmen flogen Tänzer über die Bühne. Nur ihre Schatten waren zu sehen. Wenn sie sich kreuzten, schienen sie durcheinander hindurchzutanzen. Ihre zackigen, abrupten Bewegungen verbanden Kampfspieltechniken mit Jazztanz.

Justus war fasziniert. Dünne, helle Laserstrahlen durchschnitten jetzt die Luft vor den Schirmen. Plötzlich zogen sich alle Tänzer in den Hintergrund zurück und erstarrten mitten in ihren Bewegungen.

Hinter dem mittleren Schirm sprang ein Tänzer auf die Bühne. Er schien durch die Luft zu fliegen. Sein Schatten landete mit elegantem Schwung und er legte nun ein umwerfendes Solo auf die Bühne.

»Das ist George«, sagte Kelly staunend.

Justus beobachtete George. Er wusste, dass George gut tanzen konnte, aber so hatte er ihn noch nicht erlebt. Der Schatten beherrschte die Bühne, und seine Kampfhiebe und Bewegungen saßen genau.

»Gar nicht schlecht«, bemerkte Peter, »ich meine die Kampfspieltechnik.«

Justus fand, dass da so etwas wie »das kann ich auch« in Peters Stimme mitschwang. Inzwischen kletterte Georges Schatten auf ein hohes Gerüst im Hintergrund der Bühne. Die Tänzer unter ihm fingen an, sich wild zu bewegen. Jetzt beugte George langsam die Knie und sprang mit einem unglaublichen Satz von dem Gerüst, mit einem Sprung, der ewig zu dauern schien.

In diesem Moment fing das Rumpeln an.

Justus riss die Augen auf. »Die Drehbühne!«

Georges Schatten sprang direkt nach vorne. Für eine sichere Landung war es unumgänglich, dass die Bühne still stand. Wenn George nun nicht wusste, dass sich die Drehbühne bewegte …

Die Wandschirme wackelten. Tänzer fielen um und schrien auf vor Schreck. Hinter der Bühne waren laute Stimmen zu hören.

Und als Georges Schatten mit einem lauten Aufprall landete, gaben seine Beine unter ihm nach. Er schrie auf vor Schmerz und sackte wie eine Stoffpuppe zusammen.

Justus, Peter und Kelly sprangen auf und rannten zur Bühne. Die Musik hörte auf, im Haus gingen die Lichter an, die Bühne wimmelte von Menschen.

Unsanft wurden die drei von einem tätowierten Arm zurückgehalten. »Unbefugte dürfen nicht auf die Bühne«, informierte sie eine raue Stimme.

Das war Bruno. Er funkelte die drei drohend an, Justus besonders.

»Aber du kennst uns doch«, beschwor ihn Justus, während Bruno sie auf die Seitenbühne drängte.

Bruno nickte. »Trotzdem. Ich kenn auch die Regel, dass nur Darsteller und Personal auf die Bühne dürfen – vor allem in solchen Situationen.« Und mit einem Achselzucken: »Aus Versicherungsgründen – das Theater kann nicht für euch haften, wenn was passiert.«

Hilflos schaute Justus zur Bühne rüber. Bruno hatte natürlich recht. Es war nicht nur, dass er sich rächen wollte.

»Schöne Aufpasser! Sind wir, mein ich«, murmelte Peter.

»Was ist los? Das Bühnenbild eingekracht oder so?«

Justus wirbelte beim Klang der vertrauten Stimme herum.

»George!«, riefen er, Peter und Kelly im Chor.

Auf sicheren, gesunden Beinen schlenderte George auf sie zu. »Weiter so, dann könnt ihr als Trio auftreten.« Er schaute auf die Bühne. »Kann mir mal jemand sagen, was los ist?«

»A-aber, warst du das nicht?«, platzte Kelly heraus und deutete auf den Tumult.

Jim Bernardi und ein Bühnenarbeiter trugen jemanden von der Bühne. Jemand, der so groß wie George war und blonde Haare und ein sommersprossiges Gesicht hatte.

»Nein, nicht er«, sagte Justus leise, »aber sein Schatten sah genau wie er aus.«

»Verstehst du«, erklärte Peter, »wir haben gedacht… von da unten…« Er zeigte zum Zuschauerraum.

Plötzlich ging George ein Licht auf. »Jetzt kapier ich. John Warren hat auf der Bühne einen Unfall gehabt, und ihr habt gedacht, das bin ich, weil ihr nur den Schatten gesehen habt.«

»Genau!«, rief Kelly.

»Klingt logisch«, sagte George. »Er soll auch aussehen wie ich. Er ist für diese Nummer engagiert worden, weil ich die komplizierten Figuren nicht kann…« Seine Stimme verlor sich.

Eine andere Stimme rief: »Hank! Was war mit der Drehbühne los?«

Justus merkte sofort am New Yorker Akzent, dass es Bernardi war.

Von der rechten Seite der Bühne kam die Antwort: »Du hast Einsatz siebenundsiebzig angegeben, stimmt's? Das ist der Einsatz für die Drehbühne.«

»Wie bitte?« Voller Besorgnis schaute Bernardi zu seinem Computer, aber er war noch damit beschäftigt, den Tänzer hinauszutragen.

»Vielleicht stimmt was mit dem Computer nicht!«, brüllte der Bühnentechniker. Justus konnte hören, wie Bernardi »Scharfsinnige Folgerung« murmelte, während er John Warren mit den anderen hinter der Bühne auf eine Liege bettete und zum Telefon rannte.

George trat an die Liege zu John und fragte: »Wie geht's dir?«

Mit schmerzverzerrter Stimme antwortete John: »Ich glaub, ich hab mir den Knöchel gebrochen.«

Während sich George zu John setzte und mit ihm wartete, wandte sich Peter Justus und Kelly zu. »Der Arme. So was dauert ewig. Der ist für Monate raus.«

Aber Justus war in Gedanken. »Schöner Mist. Das hätte genauso gut George passieren können! Wenn wir nicht auf die Bühne dürfen, können sie uns gleich in Ketten legen.«

»Was können wir machen?«, fragte Peter. »Wir sind keine Bühnenarbeiter. Wir sind nicht in der Show. Und wir können auch nicht so tun. Jetzt kennt uns schon jeder.« Er zog die Luft ein. »Null Chance.«

»Höchstens …«, sagte Kelly mit glänzenden Augen. Justus und Peter folgten ihrem Blick zum

Verwaltungstrakt. Die Ausschreibungsnotiz war durch die halb geöffnete Tür zu sehen. Sie flatterte leise im Luftzug, der von draußen kam. Peter lachte laut. »Das geht dir ja nicht mehr aus dem Kopf, was? Komm schon, bleib auf dem Boden.«

»Nein«, sagte Justus aufgeregt, »sie hat recht, Peter! Gute Idee! Sie suchen eine Frau und einen Mann.«

»Zwei Männer inzwischen«, verbesserte Kelly. »Einer muss ein großer, attraktiver Typ sein und diese Nahkampfspiele können. Jemand wie ...«

Sowohl Kelly als auch Justus sahen Peter an.

»Was ...? Wer – ich?« stotterte Peter und wich zurück. »Oh, nein. Ich weiß, was ihr zwei Spinner ausheckt. Ohne mich. Mich kriegt ihr da nicht hin, zu dem Vortanzen. Ich habe noch nie auf einer Bühne gestanden – und dabei bleibt's auch.«

»Du bist der Idealtyp für die Rolle, Peter«, beschwor ihn Justus. »Du weißt genau, dass du die Bewegungen kannst. Und ich bewerb mich für die andere Rolle.«

»Du hast gut reden, Justus. Du warst ja mal ein Kinderstar. Und Kelly, du willst ja zum Theater. Ihr zwei könnt vortanzen, bis ihr umfallt. Aber ich?« Peter schüttelte abwehrend den Kopf. »Und zwar aus zwei Gründen: keine Übung, keine Lust. Außerdem würde ich Todesängste ausstehen.«

»Wegen dem Publikum?«, sagte Justus. »Du stehst doch ständig auf einem Fußballfeld oder einem Basketballfeld. Der rasende Applaus bewundernder Fans hat dich bisher auch kaltgelassen. Das hier ist nichts anderes.«

»Peter Dunstan Shaw!«, sagte Kelly bestimmt. »Das ist doch eine einmalige Gelegenheit. Und es wäre ein gemeinsames Erlebnis. Und es wäre doch gut für euren Fall. Außerdem kann dir Jus doch Tipps geben, für den Auftritt, mein ich.« Wie ein Tier in der Falle schaute Peter von Kelly zu Justus und schluckte. »Im Ernst?«

Auf Justus' Gesicht erschien ein breites Grinsen: »Peter, mein Junge, ich mach einen Star aus dir!«

Immer im Takt

»Kick, Schritt, Schritt, Drehung! Chassé links, Chassé rechts. Hüfte, Hüfte, Arm, Arm! Jetzt Sprung!«

Peter fühlte, wie der Schweiß in Strömen von seiner Stirn triefte. Er versuchte, den Anweisungen des Tanzlehrers genau zu folgen, aber das war schwieriger als ein ausgetüftelter Basketball-Plan.

Seit dem Unfall im Garber Theater waren ein paar Stunden vergangen. Justus hatte Peter sofort in ein Tanzstudio geschleppt, damit sie für den nächsten Tag üben konnten.

Ist alles nur für unseren Fall, summte Peter immer wieder vor sich hin. Kann George das Leben retten. Wieso musste Bob eigentlich nicht vortanzen? Aber dann fiel ihm Bobs zeitaufwendiger Arbeitsplan ein – der Glückspilz.

Er sah zu Justus hin, der an die Seite des Saales trat und nur mit Mühe den Armen und Beinen der anderen Kursteilnehmer ausweichen konnte. Justus lehnte sich an die hölzerne Stange, die an der Wand entlang angebracht war, und massierte seinen Schenkel. Sein Gesicht war krebsrot, und sein Haar glänzte schwarz vor Schweiß. Das Gesicht von Albert Einstein auf seinem T-Shirt sah faltig und verzerrt aus, wie es da an seinem klatschnassen Oberkörper klebte.

»Wenn du Judo kannst, ist Jazztanz nur ein Klacks.« Das war Originalton Justus, erinnerte sich Peter. Aber für einen, der im Judo ganz passabel war, wirkte Justus als Tänzer ziemlich daneben. Und er wollte Peter zeigen, was Sache war!

»Okay, gut gemacht!«, rief der Lehrer. »Zum Abschluss noch ein paar Dehnübungen. Seid ihr so weit? Demi plié ... plié ... relevé ... höher, höher, höher! Und die Arme rund!«

Peters Waden spannten sich, als er sich auf die Zehen hob. Aus einem Augenwinkel konnte er sehen, wie Justus um sein Gleichgewicht kämpfte. Er blinzelte angestrengt und versuchte, die salzigen Rinnsale, die in seine Augen flossen, abzuhalten.

Dann schwankte er verzweifelt und landete mit einem lauten »Plumps« auf dem Boden.

Peter schloss die Augen. Sie würden sich beide fürchterlich blamieren bei dem Vortanzen morgen. Wie hatte er sich nur dazu überreden lassen können?

Peter fühlte sich am nächsten Tag, als ob er unter einen Mähdrescher gekommen sei. Dazu kam dann noch, dass er mit Dutzenden von makellos aussehenden Tänzern auf das Vortanzen warten musste. Alle trugen schicke, durchgestylte Trikots, gegen die Peters graue Jogginghose und das T-Shirt mit der Autowerbung äußerst unprofimäßig aussahen. Er beobachtete einen Tänzer, der so hoch sprang, dass sein Haar fast die Decke berührte. Ein anderer legte eine elegante dreifache Drehung hin, und wieder einer streckte sich in einen so perfekten Spagat, dass Peter kaum hinsehen konnte.

»Das sind doch keine menschlichen Wesen, Justus«, flüsterte Peter. »Nicht nur, dass sie überhaupt nicht schwitzen – sie können nebenher noch reden! Ich komm mir vor wie ein Gorilla, wenn ich nur ein paar Schritte mach!«

Mit zuversichtlichem Lächeln beugte sich Justus nach vorne, um die Zehen zu berühren. Er kam kaum über die Knie hinaus. Er streckte sich langsam und sagte: »Keine Sorge. Sie kennen das Geheimrezept nicht.«

»Ach? Könntest du es mir vielleicht verraten?«

»Das Geheimrezept ist Charisma«, sagte Justus.

»Na wunderbar. Wo kriegt man das?«

Justus beachtete ihn nicht und fuhr fort: »Die halten doch nicht nach dem perfekten Tänzer Ausschau. Sie suchen jemanden, der Bühnenpräsenz hat. Du musst dem Direktor den Eindruck vermitteln, dass du der Richtige für die Rolle bist. Er wäre schön dumm, wenn er da nicht zugreifen würde.«

»Und woher willst du das alles wissen?«, fragte Peter. »Für die *Kleinen Strolche* hast du doch angeblich nicht vorspielen müssen.«

»Das ist wahr, aber ich durfte immer zuschauen, wenn für andere Rollen vorgespielt wurde. Und eins hab ich nie vergessen, Peter – bei neunzig von hundert Malen ist die Rolle vergeben worden, wenn die Person, die die Bühne betrat, das richtige Auftreten hatte.«

»Aber wenn du einfach schlecht bist? Zählt das überhaupt nicht?«

Justus legte seinen verschwitzten Arm um Peters Schulter. »Gestern hast du unter meiner Anleitung mehr über Bewegung und Tanz gelernt, als die meisten in Jahren lernen würden. Du bist nicht schlecht, Peter. Du bist ein Sportler, der in Nahkampfspielen voll trainiert ist. Deine Bewegungen haben natürliche Grazie. Damit hast du den halben Kampf gewonnen. Wenn sie das feststellen, wissen sie, dass der Rest nur gezieltes Training ist. Heute musst du nur auf eins achten.« Er sah dem Freund fest in die Augen. »Zeig ihnen, dass du die Welt erobern kannst.«

Peter fühlte eine Woge von Selbstvertrauen. Klar, Justus hatte dick aufgetragen, aber er hatte vielleicht nicht ganz unrecht. Wenn dieser dusslige Matt Grant es geschafft hatte und eine Konkurrenz für George war …

Peter erhob sich zu seiner vollen Größe. Es galt, einen Auftrag zu erfüllen, ein Leben zu retten. Richtig – er, Peter Shaw, war genau der Typ dafür. Mit siegessicherem Grinsen schritt er an all den herumwirbelnden Tänzern vorbei zu dem Treppenaufgang, der zur Bühne führte. Am besten gleich der Erste sein, dachte er.

Von oben ertönte Fußgetrappel. Die letzte Mädchengruppe hatte das Vortanzen hinter sich, und Peter wusste, dass Kelly dabei war. Nachdem sie vorgetanzt hatte und mehrmals wieder aufgerufen worden war, war nun der entscheidende Durchgang gewesen. Peter merkte, wie angespannt seine Nerven waren.

Beschwingt kam Kelly die Treppe herunter und strahlte. Sie warf die Arme um Peter.

»Du hast's geschafft!«, sagte er.

Sie schüttelte den Kopf. »Nicht ganz. Aber bis zur vorletzten Ausscheidung war ich dabei. Ist doch stark!«

Peter lächelte. »Gratuliere.«

»Danke.« Kelly gab ihm einen Kuss und lief weiter. »Ich warte auf dich. Hals- und Beinbruch!«

Entsetzt sah er sie an.

»Das sagen alle Schauspieler. Es bedeutet ›viel Glück‹. Tschüss!«

Als er wieder alleine war, fühlte Peter sein Selbstvertrauen dahinschwinden. Wenn Kelly es nicht geschafft hatte … Am oberen Ende der Treppe erschien ein bärtiger Mann im Trikot. »Also los, Jungs, macht euch bereit.«

Wie eine Viehherde, die durch ein enges Gatter muss, drängten sich die jungen Männer am Fuß der Treppe.

»Ich heiße Ron deJomb und bin der Choreograph. Ich hoffe, ihr seid alle mit eurem Kung Fu und Tai Chi auf Vordermann. Zuerst studier ich eine Gruppenszene ein, dann schau ich euch einzeln an – mit der Lupe sozusagen!« Er lächelte.

Die Tänzer antworteten mit verschüchtertem Lachen. Justus, der ganz hinten stand, sah unbehaglich drein. Peter kreuzte die Finger. Womöglich brach er sich gleich Hals und Beine. Dann könnte er sich das Einzeltanzen schenken.

Er fing wieder an zu summen. Ist alles nur für unseren Fall. Kann George das Leben retten …

Kick, Kick, Sprung. Rechter Arm, linker Arm, Drehung, Halt. Die Musik hörte auf. Na gut, das war's gewesen. Peter hatte sein Bestes gegeben. Alleine stand er auf der Bühne, seine Brust hob und senkte sich.

»Sekunde, Peter«, rief deJomb aus dem Zuschauerraum. Peters Magen schien ein Eigenleben zu entwickeln. Er zog sich zusammen, drehte sich, flatterte.

Wenigstens hatte deJomb nicht »vielen Dank« gesagt. Justus hatte ihn darauf vorbereitet, dass das so viel hieß wie »nein danke«. Bis jetzt hatte deJomb sich sehr kritisch gezeigt. Jeder Tänzer hatte ein »vielen Dank« zu hören gekriegt, auch Justus. DeJomb flüsterte erregt mit dem Regisseur der Show, Craig Jacobs. Immer wieder sahen sie zu Peter hoch. Sie schienen vor einer Entscheidung zu stehen.

Peter wurde es schwummerig. Kalter Schweiß brach ihm aus. Jacobs setzte sich wieder, und deJomb kam auf die Bühne. Er lächelte aufmunternd und freundlich.

Jetzt dämmerte es Peter, dass sie ihn womöglich gut gefunden hatten. Darum hatten sie so lange geredet. Sein Puls fing an zu rasen. Justus hatte recht – er würde ein Star werden. Erst das Garber, dann der Broadway … Gab es einen »Oscar« für den besten Tänzer? Vielleicht würden sie für ihn extra einen »Tanz-Oscar« einführen …

DeJomb nickte ihm wohlwollend zu und sagte die Worte, die Peter mit einem Schlag in die Wirklichkeit zurückholten. »Vielen Dank.«

Das Spiel beginnt

»Bestimmt war es meine Rückwärtsdrehung mit Sprung und Kick«, sagte Peter und schlug sich mit der Faust in die andere Handfläche. »Ich hab auf dem falschen Fuß angefangen und wie ein Idiot ausgesehen.« Er tigerte im Wohnzimmer seiner Eltern auf und ab.

Justus musste feststellen, dass sein Versuch, bei Peter Interesse fürs Tanzen zu wecken, nur allzu erfolgreich gewesen war. Peter war so mit seinem Vortanzen beschäftigt, dass er ihren Fall total verdrängt hatte. Auf diese Weise würden sie nie rausfinden, wer George Brandon nach dem Leben trachtete.

Kelly fuhr Peter durchs Haar. »Komm schon, du warst echt gut. Du bist noch nicht raus.«

»Aber sie haben doch ›vielen Dank‹ gesagt. Justus hat behauptet –«

Justus unterbrach ihn. »Einen Augenblick. Sie haben zu jedem ›vielen Dank‹ gesagt – obwohl es doch der letzte Durchgang war. Ist möglich, dass sie noch nicht sofort entschieden haben. Du bist vielleicht noch im Rennen – ich vielleicht auch, genau genommen. Aber vergiss nicht, dass wir in erster Linie –«

Das schrille Klingeln des Telefons unterbrach ihn. Peter stürzte sich auf den Hörer, wobei er das Telefon von dem Tischchen stieß. Es krachte zu Boden.

»Hallo?« Peters Stimme war ein aufgeregtes Krächzen. Justus konnte sich kaum ein Lachen verkneifen. »Ja … wirklich? Sie meinen mich, Peter Shaw?«

Justus und Kelly rannten zu ihm hin. Er schaute sie mit einem Grinsen an, das von Ohr zu Ohr reichte, und formte stumm die Silben »ge-schafft«.

Kelly sprang auf und ab und drückte ihn an sich. Justus schlug seinem Freund auf die Schulter. Er unterdrückte das Gefühl, das ihm sagte, er hätte eigentlich auch gewählt werden sollen.

Als ob er Justus' Gedanken lesen konnte, sagte Peter jetzt in den Hörer: »Entschuldigen Sie, Mr. deJomb. Wie steht's mit meinem Freund Justus Jonas? … Ja, ich weiß, dass er nicht zu Hause ist, er ist hier … Natürlich!« Peter hielt Justus den Hörer hin. »Er will mit dir sprechen.«

Justus versuchte, die bibbernde Aufregung, die ihn von Kopf bis Fuß ergriff, unter Kontrolle zu bekommen. »Hier Justus Jonas.«

»Ja, Hallo«, hörte er deJomb sagen, »na, wie fühlt man sich als Ensemble-Mitglied von *Gefahr im Verzug*?«

»En-ensemble-M-mitgl-lied?« Justus brachte das Wort kaum raus. »Also, äh, Ihre Ehre ist ganz meinerseits … ich meine, es ist eine Ehre … also, meine Antwort ist ja!«

DeJomb musste lachen. »Ich hab noch gar nicht gesagt, welche Rolle es ist.«

Jetzt ging der Größenwahn mit Justus durch. Er stellte sich vor, wen er spielen könnte: Georges Rivalen um die Gunst der Heldin vielleicht oder einen Schurken mit kompliziert darzustellenden Charaktereigenschaften. »Ich bin sicher, dass ich die Rolle spielen kann, Mr. deJomb«, sagte er lachend. »Außer meiner tänzerischen Ausbildung habe ich mich ausführlich mit Darstellungs-Theorie beschäftigt. Ich werde sozusagen eins mit meiner Rolle.«

»Das hört man gern. Sie sind in der Szene, wo George und Anne aus den Höhlen entkommen und an dem verlassenen japanischen Strand landen.«

»Die Szene ist mir geläufig«, sagte Justus eifrig.

»Also, wir schieben da eine neue Musiknummer ein. George träumt, dass sie daheim sind am Strand von Kalifornien. Die Dinge am Strand werden lebendig und fangen zu singen und zu tanzen an – Sonnenschirme, Surfbretter, der Stuhl vom Bademeister, ein Wasserball, der umhergeschubst wird …«

»Eine ausgezeichnete Idee«, beteuerte Justus.

»Sie sollen den Wasserball spielen.«

Justus verstummte.

Peter und Kelly sahen ihn besorgt an. »Was gibt's?«, flüsterte Peter.

»Ich soll einen Wasserball spielen?«, wiederholte Justus schließlich.

»Ja, die Rolle ist Ihnen auf den Leib geschrieben«, antwortete deJomb. »Sie sind der geborene Komiker! Ihr Vortanzen war so köstlich!«

»Das war eigentlich nicht beabsichtigt«, murmelte Justus. »Wie bitte? Die Leitung ist so schlecht.«

»Nein, nichts. Vielen Dank. Ich nehme die Rolle an und freue mich auf die Proben.«

»Schön. Um drei Uhr müssen Sie hier sein.«

Justus hängte auf.

»Denk dran«, sagte Peter und sah ihn teilnahmsvoll an, »es ist doch alles nur für unseren Fall ...«

Justus stieß die Tür zu Georges Garderobe mit Schwung auf und sagte: »George – gute Neuigkeiten!« Peter und Kelly kamen hinter ihm her.

Die lächelnden Gesichter von George und Jim Bernardi sahen ihnen entgegen. »Sagt nichts«, befahl George, schloss die Augen und legte die Hand an die Stirn. »Ihr habt den Geist von Shakespeare gefunden und ihn an einen PC gekettet.« Er lachte. »Quatsch. Hab's schon gehört. Herzlichen Glückwunsch euch beiden. Du wirst einen großartigen Wasserball abgeben, Justus.«

»Willkommen im Ensemble«, sagte Bernardi und schüttelte Justus und Peter die Hand. »Jetzt seid ihr offiziell autorisiert, etwas von dem Proben-Popcorn abzukriegen.« Er schnappte eine mittelgroße Papiertüte, die hinter seinem Stuhl gestanden hatte. »Frisch gekauft.«

Gleich lief Justus das Wasser im Mund zusammen. Aber bevor er was antworten konnte, sagte Kelly: »Was für ein wunderschönes Kostüm! Ist es neu?« Sie ging zu Georges Kostümständer an der anderen Wand. Dort hing ein Seidengewand, das mit glänzenden bunten Bändern besetzt war. Ein lautes Klirren ließ sie herumfahren. Ein kleiner Make-up-Spiegel lag in tausend Scherben auf dem Boden zu Georges Füßen.

»Das hab ich ja toll hingekriegt«, rief George aus. »Ich hab mich nach dir umgedreht und dabei meinen Lieblingsspiegel runtergeschmissen.«

Peter bückte sich und hob die Scherben auf. »Ein zerbrochener Spiegel – sieben Jahre Unglück«, sagte er.

»Du klingst ja schon wie Lovell«, bemerkte George.

Während Justus und Kelly beim Aufräumen halfen, ging Bernardi zur Tür. »Ich muss für die Probe der neuen Szene aufrufen«, sagte er. »Und vergesst ja nicht, auf euren Einsatz zu achten, Justus und Peter. Wie ich höre, seid ihr schon bei dieser Probe dabei.«

»Alles klar, wir sind gleich fertig«, erwiderte George.

Sobald sie Ordnung gemacht hatten, verließen alle die Garderobe. Justus warf noch einen sehnsüchtigen Blick auf die ungeöffnete Tüte Popcorn. George wandte sich zur rechten Seitenbühne, wo er dann zu gegebener Zeit auftreten musste. Kelly setzte sich in den Zuschauerraum, und Justus und Peter stellten sich an der linken Seitenbühne für ihren Auftritt in Position. Während sie warteten, sahen sie einen jungen Mann mit Nadel und Faden in

Georges Garderobe gehen. Um seinen Hals hing ein langes gelbes Maßband.

»Das muss Georges Garderobier sein«, sagte Justus.

»Garderobier?«, fragte Peter.

»Der sich um die Kostüme kümmert – sie bereithängt und schaut, dass sie in Ordnung sind. Wir kriegen auch einen Garderobier.«

»Echt? Das ist ja viel besser als beim Sport. Da muss man die Kleidung selbst aufräumen.«

Justus fiel die Schlagzeile einer Zeitung auf, die auf einem Hocker in der Nähe lag.

TEENIE-IDOL KRIEGT BEULE AB
Shakespeares Rache?

Er griff sich die Zeitung. Unter der Schlagzeile war ein Foto von George, der auf seinen Fleck auf der Stirn deutete, wo ihn die Büste getroffen hatte. Die Bildunterschrift lautete: »Pechvogel George Brandon, der Star aus *Gefahr im Verzug,* nach seinem Unfall Anfang der Woche.«

Peter sah sich das Foto an. »Mann, auf dem Foto sieht die Beule echt viel schlimmer aus, als sie in Wirklichkeit war.«

»Ja, stimmt«, sagte Justus mit zusammengekniffenen Augen. »Am Tag danach konnte man sie schon fast nicht mehr sehen. Bestimmt haben sie das Foto mit Absicht ein bisschen retuschiert.« Er blätterte weiter zur Klatschspalte aus dem Showgeschäft.

»Hey, hast du das gesehen«, sagte Peter, der Justus über die Schulter schaute. »Da steht, dass Matt Grant gerade einen Filmvertrag im Ausland abgeschlossen hat. Sieht so aus, als müsste Manny Firestone sich jetzt mit George begnügen, ob er will oder nicht.«

»AAAU-UUU!«, kam ein schmerzerfüllter Schrei aus Georges Garderobe. Justus und Peter ließen die Zeitung fallen und rannten hinüber, gefolgt von einer ganzen Armee von Bühnenarbeitern.

Georges Garderobier rieb sich verzweifelt den rechten Arm, der flammendrot aussah.

»Was ist passiert?«, wollte Justus wissen.

Mit einem Satz stürzte sich der Garderobier auf das Waschbecken in der Ecke und ließ einen vollen Strahl kaltes Wasser über beide Arme laufen.

»Schnell, einen Arzt!«, rief Justus über die Schulter. Er wandte sich wieder an den Garderobier. »Wie ist das passiert?«

Mit den Fingernägeln kratzte sich der Garderobier rote Striemen auf dem Unterarm. »Ich – ich weiß auch nicht. Ich hab lediglich das berührt.«

Sein zitternder, geröteter Finger deutete auf Georges neues Kostüm.

Ausverkauft

»Eine halbe Stunde bis Vorstellungsbeginn«, knatterte Jim Bernardis Stimme durch die Lautsprecheranlage hinter der Bühne, »noch eine halbe Stunde!«

»Okay, ich muss gehen«, sagte George in den Telefonhörer, »ich hab eine halbe Stunde, um mich fertig zu machen. Vielen Dank für die Hilfe. Tschüss.« Er wandte sich Justus und Peter zu. »Die Ärztin konnte feststellen, mit was für einem Zeug der Stoff getränkt worden ist. Sie hat David ein Gegenmittel gegeben, und jetzt geht es ihm besser.«

»Gut«, sagte Justus. Er hatte sich den ganzen Nachmittag über Sorgen um den Garderobier gemacht. »Aber was ist jetzt mit dem Kostüm?«

Georges Blick war niedergeschlagen. Er sprach ohne seinen üblichen Elan. »Für heute Abend krieg ich ein anderes, und sie haben versprochen, dass es genau untersucht wird.«

»Schaffst du das überhaupt heute Abend?«, fragte Peter.

»Muss ja«, meinte George achselzuckend. »Aber ich krieg immer mehr die Muffe. Einerseits tut mir David natürlich irre leid. Und andrerseits, wenn *ich* das Kostüm jetzt angezogen hätte?«

»Dann hättest du auf keinen Fall auftreten können«, sagte Justus. »Und genau das bezweckt jemand. Du musst uns jetzt helfen herauszufinden, wer heute an dem Kostüm rumgemacht haben könnte.«

George lehnte sich zurück und dachte nach. »Also, David können wir bestimmt ausschließen –«

»Vielleicht auch nicht. Er könnte daran rumgemacht haben und es dann aus Versehen berührt haben«, schlug Peter vor. »Es könnte jeder aus der Kostümabteilung getan haben«, sagte George, »oder sogar der Kostümbildner selbst.«

Justus schüttelte den Kopf. »Ich glaube eher, dass das Kostüm erst behandelt worden ist, nachdem es in deine Garderobe gehängt wurde. Sonst hätte derjenige, der es gebracht hat, ja auch einen Ausschlag. Es sei denn, das Reizmittel war nur an einer winzigen Stelle.«

»Seit das Kostüm in meine Garderobe gebracht wurde, waren eine ganze Menge Leute drin«, sagte George. »Jim Bernardi, Ron deJomb, Vic Hammil, ein paar Schauspieler. Jeder kann es getan haben.«

Der Name von Vic Hammil ließ Justus besonders aufhorchen. Vic, die Zweitbesetzung für George. Verdächtiger Nummer eins in Sachen Zuckerguss bei Lovell Madeira. Versuchte Vic, seinem Glück etwas nachzuhelfen?

Jim Bernardi steckte plötzlich seinen Kopf ins Zimmer. »Wenn ihr die Show sehen wollt, Justus und Peter, dann geht mal besser ins Haus. Es ist total ausverkauft, und die Platzanweiser müssen euch einen Platz zuweisen.«

Justus und Peter liefen zum Zuschauerraum. Ein Platzanweiser brachte sie nach hinten zu der Bar, wo Kelly schon wartete. Von hier konnte Justus ins Foyer zur Kasse schauen. Die Schlange der Wartenden reichte bis auf die Straße.

»Sieht so aus, als ob die Show ein gutes Geschäft wird«, sagte Justus zu dem Platzanweiser. Allein der Gedanke, dass er vor vollem Haus auftreten musste, ließ seinen Adrenalinspiegel auf der Stelle steigen.

»Schon für drei Monate ausverkauft«, antwortete der Mann. »Und das vor der Premiere. Die Reservierungen sind alle erst diese Woche gemacht worden. Hat kein Mensch erwartet. Davor waren wir am Ende.«

Während er weiterging, sagte Kelly: »Ich hab ein bisschen zugehört, was die Leute so sagen. Alle reden von Georges Unfällen. Die Show ist ihnen völlig wurscht – es ist fast, als ob sie nur darauf warten, was heute Abend wieder passiert.«

»Klar, Mann, jede Art von Aufsehen ist doch gut für die Show«, sagte Peter.

»Widerlich, wenn ihr mich fragt«, entgegnete Kelly. »Was machen sie – klatschen sie, wenn er einen Unfall hat?«

Die Lichter verlöschten, und es wurde ruhig im Publikum. Das Orchester fing mit der Ouvertüre an, und Justus bemerkte, dass Kelly und Peter Händchen hielten. Ihr Gesicht strahlte vor Stolz, seines drückte eher Aufregung und Angst aus.

Auch Justus hatte all diese Empfindungen. Nicht mehr lange, und er und Peter würden die Ouvertüre von der anderen Seite des Vorhangs hören. Es war ein Gefühl, das ihn ganz benommen vor Glück machte.

Und es ließ ihn langsam vergessen, dass es einen Fall zu lösen gab.

In der Pause rannten Justus, Peter und Kelly hinter die Bühne. George stand in der Szenerie, lief hin und her und starrte auf den Boden.

»Super, George!«, rief Kelly ihm zu.

Er sah auf und grinste. »Danke. Habt ihr gemerkt, wie ich total aus dem Muster gekommen bin?«

»Muster?«, echote Peter.

»Das Muster für die Schritte auf dem Bühnenboden – wo man wann sein muss.«

Über ihnen fing was zu rumoren an. Justus schaute hinauf.

»Pass auf!«, schrie er, griff nach George und zerrte ihn zur Seite.

Aus dem Schnürboden stürzte eine hölzerne Tür, die George nur um Haaresbreite verfehlte. Knapp über der Bühne baumelte sie sich an zwei dicken Seilen aus.

Jim Bernardi kam auf die Bühne gestürzt. »Johansen!«, brüllte er mit wütend verengten Augen. Bruno schaute aus einem der rechten Flügel. »Keine Ahnung, was los war, Mann.«

»Wie meinst du das, keine Ahnung, was los war?«, donnerte Bernardi.

»Moment mal, du hast mir schließlich den Einsatz dafür gegeben. Halt mal die Luft an.«

Auf der Bühne wurde es mäuschenstill. Bernardi sah aus, als ob er gleich explodieren würde. Drohend kam er auf Bruno zu. »Was heißt hier, halt mal die Luft an?«, zischte er. »Du musst schließlich auch die Bühne im Auge behalten, du Trottel. Du weißt doch, dass ich von meinem Platz aus nicht alles sehen kann. Ich hab die Nase voll von all diesen sogenannten Unfällen!«

»Willst du sie jetzt vielleicht mir anhängen?« Bruno drehte sich zu Bernardi um und ballte die Fäuste. »Welche beschissenen Einsätze haben denn die ganzen Unfälle verursacht, hm? Wer schreit dich an, wenn du was vermasselst, du beknackter alter Idiot? Ohne dich würde die Show doch viel besser klappen.«

Mit geballten Fäusten ging Bernardi auf ihn los. Sofort wurde er von vier stämmigen Kulissenschiebern festgehalten. »Ruhig, Jim, du weißt doch, dass ihm der Gaul durchgeht.«

»Ohne mich besser klappen, was?« Bernardi kochte. »Na, vielleicht sollte ich euch mal zeigen, wie der Laden hier ohne mich auseinanderfällt.« Er machte auf dem Absatz kehrt und marschierte zum Ausgang. »Er steckt doch hinter all dem. Er will doch nur von sich ablenken!«

»Lügner!«, schrie Bruno zurück.

Aber die einzige Reaktion von Bernardi war das laute Knallen der Bühnentür.

Justus, Peter und Kelly und ein paar der Bühnenarbeiter liefen ihm nach. Draußen im Gang drängten sie sich um Louis, der aus seinem Büro gekommen war, um zu sehen, was passiert war. Einige rannten raus, andere meinten, es sei besser, Bernardi jetzt allein zu lassen. Schließlich kehrten alle an ihre Plätze zurück. Der zweite Akt sollte vom zweiten Inspizienten geleitet werden.

Louis überprüfte das Schlüsselbrett an seiner Tür. »Na wunderbar. Er hat seinen Büroschlüssel nicht aufgehängt«, murrte er und schlurfte in sein Zimmer.

Justus ging zurück in den Kulissenbereich. »Hat er doch«, flüsterte er Peter und Kelly zu.

»Wer hat was?«, fragte Peter.

»Den Schlüssel aufgehängt. Bernardi.« Mit boshaftem Grinsen zog Justus einen kleinen Schlüssel aus der Tasche. »Ich hab ihn bei dem ganzen Durcheinander vom Brett genommen. Wir müssen Bernardis Büro durchsuchen – rausfinden, ob er hinter all den Unfällen steckt. Wenn er es nicht ist, können wir sicher eine Menge nützlicher Hinweise über den Rest der Mannschaft rauskriegen.«

Peter grinste. »Alles klar, Wasserball!«

Der bernsteinfarbene Lichtkegel von Peters Taschenlampe kreiste durch das Büro. Es war schon nach Mitternacht, und sie hatten niemand im Theater bemerkt, als sie eingebrochen waren.

»Hast du das gehört?«, flüsterte Peter plötzlich.

»Ja, ich glaube, es war dein Herzschlag«, antwortete Justus. »Komm, leuchte mir mal ein bisschen.«

Peter richtete die Taschenlampe auf einen Ordner, den Justus hielt. PERSONAL stand vorne drauf.

»Mal sehen ... John Everson, Scott Harris. Da haben wir ihn, Bruno Johansen.«

»Was steht da?«, flüsterte Peter und sah sich nervös um.

»Eine Notiz, dass er wegen einer Schlägerei vorbestraft ist. Sonst nichts.« Er schlug den Ordner zu. »Das scheint nichts zu bringen. Keine von Bernardis eigenen Eintragungen sagt irgendwas aus, und die einzige Person in der Akte, die verdächtig sein könnte, ist Louis, der wegen einer Verurteilung auf Bewährung ist.«

»Okay, lass uns abhauen.«

»Ja, lass uns gehen.« Justus stellte den Ordner in einen Aktenschrank zurück und machte die Tür auf. Er stolperte über die Türschwelle, und sein Arm streifte den Türpfosten.

Sie schlichen durch das Untergeschoss. Peters Taschenlampe führte sie zu der Treppe, die zur Bühne hinaufging. Als Justus nach dem Geländer griff, spürte er einen scharfen Schmerz im Arm.

»Autsch!«, sagte er und blieb stehen, um sich zu reiben.

»Was ist los?«, fragte Peter mit Panik in der Stimme. »Nichts, nur so ein Brennen.« Er stieg ein paar Stufen hoch, aber das brennende Jucken wurde schlimmer. Er blieb stehen und grub die Fingernägel in die Haut, um dagegen anzukratzen. »Es juckt ganz schrecklich!«

»Justus«, sagte Peter, »kommt dir das nicht auch total merkwürdig vor?«

Justus wusste genau, was sein Freund meinte. Das war ja wohl das gleiche Brennen, das Georges Garderobier gehabt hatte. Justus rief sich ins Gedächtnis, wie sie Bernardi in der Garderobe getroffen hatten, kurz bevor der Garderobier das behandelte Kostüm berührt hatte. »Vielleicht war die Tüte mit Popcorn, die Bernardi hatte –«

Peter beendete den Satz: »– in Wirklichkeit gar keine Tüte Popcorn.«

»Brennt es bei dir auch?«, fragte Justus und ging weiter.

»Nein.«

»Dann war es vielleicht der Türpfosten. Wahrscheinlich hat Bernardi was verschüttet oder ist mit dem Handschuh drangekommen, der das Zeug –«

Eine rasche Folge von dumpfen Klopfgeräuschen ließ ihn abbrechen.

»Das war nicht mein Herz«, flüsterte Peter.

Justus strengte seine Augen an, um die Schatten

im Kulissenbereich zu identifizieren. »Es ist von der Vorderbühne links gekommen. Los!«

Sie hasteten in die Richtung, aus der die Geräusche gekommen waren – Bernardis Inspizientenpult in den Seitenkulissen. Aber die einzige Spur, die darauf schließen ließ, dass vor Kurzem noch jemand hier gewesen war, war der Schein des Computerbildschirms. Peter leuchtete alles ab.

»Macht das Licht aus«, ertönte eine knurrende Stimme hinter ihnen, »oder ihr werdet es bedauern!«

Justus rutschte das Herz in die Hosentasche. »Tu, was er sagt«, beschwor er seinen Freund.

Peter gehorchte. Beide drehten sich langsam um zu dem schwarzen Vorhang hinter ihnen.

Auf sie gerichtet und matt glänzend im Lichtschein des Monitors, sahen sie den Lauf eines Revolvers.

Das Phantom im Betriebssystem

»Nehmt die Hände hoch, dreht euch um und geht voraus!«, befahl die Stimme.

Langsam marschierten Justus und Peter los. Vor ihnen lag Georges Garderobe. Die Tür war einen Spalt geöffnet. »Durch die Tür da und hinten an die Wand«, fuhr die Stimme fort.

Justus stieß die Tür mit dem Fuß auf. Eine kleine Uhr mit Neon-Leuchtziffern bei Georges Spiegel verbreitete einen violetten Schein im Raum. Justus und Peter steuerten auf die Wand zu, wobei sie vorsichtig dem Kleiderständer auswichen. Justus' Arm brannte noch immer wie verrückt.

Mit einem Klicken ging das Licht an. Justus blinzelte in der unerwarteten Helligkeit.

»Na, wen haben wir denn da«?«, sagte die Stimme.

Justus drehte sich um. Ein 38-Kaliber-Revolver starrte ihnen entgegen. Er wurde von zwei straff ausgestreckten Armen gehalten, die zu dem breitschultrigen Körper von Louis Sharpe gehörten.

»Ich wusste doch, dass mir die Stimme bekannt vorkam«, sagte Justus. Er fing wieder an, seinen Arm zu kratzen.

Louis sah ihn böse an. »Ihr wart es also!«, sagte er.

Peter und Justus sahen sich unsicher an. »Wir waren was?«, fragte Peter.

Sie fuhren zurück, weil Louis erneut auf sie zielte. »Keinen Blödsinn, ja? Ihr steckt in der Patsche. Ich hab gesehen, wie ihr an dem Computer rumgefummelt habt.«

»Moment mal. Das waren wir nicht!«, protestierte Peter.

»Das könnt ihr der Polizei erzählen, Kleiner«, sagte Louis. Er nahm eine Hand von dem Revolver und griff nach dem Telefon.

»Aber gerne«, sagte Justus mit unbekümmertem Achselzucken. »Dann können Sie sich ja schon mal überlegen, was Sie zu Ihrem Bewährungshelfer sagen, wenn wir ihm erzählen, dass Sie eine Knarre haben.« Er ließ seine Worte wirken und nahm die Arme runter. Dann ging er zu dem Waschbecken in der Ecke des Zimmers. »Wenn Sie mich jetzt entschuldigen ...«

Louis ließ die Hand auf dem Telefon liegen. Mit zusammengekniffenen Augen sah er Justus an. »Mein Bewährungshelfer ... woher wisst ihr das?«

»Ich nehme an, dass er nichts von der Knarre weiß.« Justus ließ einen dicken Strahl kaltes Wasser über seinen Arm laufen, um ihn zu kühlen, und lächelte Louis an.

»Na gut, ihr habt gewonnen.« Louis ließ die Pistole sinken. »Aber ihr verschwindet jetzt, und zwar plötzlich.«

»Nicht so schnell«, sagte Peter. »Was haben Sie denn um diese Zeit an dem Computer zu suchen?«

»Ich arbeite hier, Kleiner, falls du das noch nicht bemerkt hast. Sechs Tage die Woche, und Nachtschicht am Donnerstag. Ich bin da drüben in der rechten Seitenkulisse gesessen. Anscheinend bin ich eingenickt. Als ich aufwache, seh ich den Schatten von jemandem am Computer rumfummeln.«

»Was für ein Schatten?«, wollte Justus wissen. »Wie hat er ausgesehen?«

Louis zog die Stirn in Falten, während er Peter ansah. »Genaugenommen war er ziemlich klein – nicht wie du. Und mager.« Sein Blick wanderte zu Justus. »Auf keinen Fall wie du.«

Justus beschloss, nicht darauf einzugehen. Aber automatisch zog er den Bauch ein.

»Also gut«, sagte Louis und verschränkte die Arme, »ihr wisst, was mit mir los ist. Ich kann euch nicht verpfeifen, weil ihr mir sonst meine Bewährung vermasselt. Aber wenn ihr beiden etwas wisst, dann ist es, dass mir mein Job und das Theater hier wichtig sind. Ihr könntet mir wenigstens sagen, was ihr hier macht. Ich hab das Gefühl, dass ihr nicht nur Kumpel von George seid.«

Peter warf Justus einen unsicheren Blick zu.

Justus dachte kurz nach und nickte. »Mr. Sharpe, das muss aber unter uns bleiben. Sie müssen mir Ihr Wort geben –«

Louis' Augen leuchteten auf. »Ich werd verrückt! Seid ihr vielleicht die Detektive?«

Justus fiel die Kinnlade runter. Er hörte auf, seinen Arm zu rubbeln.

»Wer hat Ihnen das gesagt?«, wollte Peter wissen.

»Das hat mir keiner sagen müssen«, erklärte Louis aufgeregt. »Es steht ja in der Zeitung!«

»Das ist doch nicht möglich!«, stieß Justus aus.

»Wenn ich's sage!« Louis zog ein zusammengefaltetes Boulevardblatt aus seiner hinteren Hosentasche und blätterte es durch. »Hier steht's doch: ›Wie wir aus vertraulicher Quelle erfahren haben, sind zwei Privatdetektive beauftragt, die mysteriösen Vorfälle zu untersuchen.‹« Er sah hoch. »Teufel auch, wir haben uns alle gefragt, wer wohl die Detektive sein können – oder ob es vielleicht gar keine gibt! Dass es Mitglieder aus dem Ensemble sind, daran hat niemand gedacht.«

»Ich gratuliere Ihnen zu Ihrem Scharfsinn«, sagte Justus und versuchte, gelassen zu bleiben, »aber es ist wirklich äußerst wichtig, dass es niemand erfährt.«

»Klar doch, auf Louis könnt ihr euch doch verlassen, Kumpels. Ich bin froh, dass ihr hier seid.«

»Danke«, erwiderte Justus. »Wenn Sie jetzt nichts dagegen haben …«

Er trocknete seinen Arm an seinen Jeans, verließ die Garderobe und ging schnurstracks in Richtung Computer. Peter ging ihm nach, und Louis kehrte in sein Büro zurück. Auf dem Bildschirm war eine Liste mit Einsatzstichworten zu sehen, über denen TEXT-MODUS stand.

»Könnte genauso gut Griechisch sein«, sagte Peter hilflos.

»Und zwar eine griechische Tragödie, wenn wir nicht rausfinden, an welchen Daten rumgefummelt worden ist«, antwortete Justus.

»Oder vielleicht eine Shakespeare-Tragödie«, sagte Peter finster.

»Hör mit dem Aberglauben auf, Peter. Wir brauchen knallharte Fakten«, sagte Justus.

»Schau dir doch die beknackten Zahlen und Codes an«, meinte Peter. »Wie willst du da je durchsteigen?«

»Das muss vielleicht gar nicht sein.« Justus überflog die Liste der Funktionstasten am unteren Rand des Bildschirms. »Da haben wir's schon. F8 – ›letzte Funktion wiederholen‹. Das könnte uns weiterhelfen.«

Tatsächlich. Als Justus auf die Taste drückte, wurde sofort ein Stichwort gelöscht. Sie warteten, während der Bildschirm ein paarmal zurückblätterte. Ein weiteres Stichwort wurde gelöscht, dafür tauchte an seiner Stelle das erste wieder auf. Dann blätterte der Bildschirm wieder weiter.

»Hey, zwei Einsätze sind ausgetauscht worden!«, sagte Peter. »Vielleicht wird hier der nächste Unfall programmiert!«

»Oder der letzte gelöscht. Du darfst nicht vergessen, dass wir einen Befehl sehen, der gerade eingefügt worden ist. Da hat vielleicht einer die falschen Daten gelöscht, die er vorher eingeschmuggelt hatte. Für alle Fälle verlasse ich das Programm ohne Sichern. Dann ist es wieder so, wie es war, bevor heute Nacht jemand rumgemacht hat«, sagte Justus und legte seine Finger auf die Tasten.

Dann beendete er das Programm sorgfältig. Er und Peter verabschiedeten sich von Louis und verließen das Theater. Ihre Schritte hallten durch die kühle, menschenleere Straße auf dem Weg zu Justus' Pick-up, den sie ein paar Straßen weiter geparkt hatten, um keinen Verdacht zu erregen.

Justus' linker Arm war wieder in Ordnung. Das Wasser hatte geholfen. Zum Glück hatte er nur eine kleine Dosis abbekommen.

»Wie zum Teufel hat die Zeitung das über uns rausgekriegt?«, wunderte sich Peter. »George sollte doch den Mund halten.«

Justus zuckte die Achseln. »Vielleicht ist ihm was rausgerutscht?«

»Das hätte er uns doch gesagt.«

»Vielleicht wollte er es uns nicht sagen. Womöglich steckt er mit drin. Schließlich hat er einen Vertrag für die ganze Spielzeit. Sogar wenn er nicht auftritt, kann er zu Hause sitzen und kassieren.«

Peter dachte darüber nach. »Möglich. Aber George ist doch der Typ, der Action braucht. Der hockt nicht rum.«

»Die große Frage ist: Wer sabotiert das Computerprogramm?«

»Das muss doch Bernardi sein«, meinte Peter. »Er gibt die Einsätze.«

»Schön, aber warum sollte er nachts ins Theater schleichen und sie verändern? Er könnte es doch tagsüber selbst machen – keinem würde es auffallen. Außerdem hat er gesagt, dass er gar nicht programmieren kann.«

»Mmhmmm. Und er ist auch nicht klein und dünn.«

Justus pfiff nachdenklich durch die Zähne. »Kennen wir jemand, der klein und mager ist und sich mit Computerprogrammen auskennt?«

Peter sah ihn hilflos an.

»Na gut, was für Leute kennen sich mit Programmieren aus?«, fragte Justus. »Systemanalytiker, Journalisten …«

»Studenten, Musiker …«

Justus blieb stehen. »Musiker?«

»Ja. Du weißt doch, dass Bob immer von so Typen erzählt, die Schlagzeug und Rhythmus programmieren und die auf dem Synthesizer alle möglichen Instrumente imitieren.«

»Allerdings. Und zwar von einem Typ ganz speziell. Einer, der ganz in der Nähe von einer gewissen Blitzbox-Explosion stand und wie durch ein Wunder ohne eine einzige Brandblase davonkam.«

Peter kapierte plötzlich. »Das ist ja …«

»Peter, ich glaube, dass Shakespeares Geist kein anderer ist als Buzz Newman.«

Ein Star wird geboren

Grell schien die Morgensonne durch die Windschutzscheibe des Pick-up, als Justus auf den Parkplatz des Garber Theaters einbog.

»Ich kann's nicht glauben, dass sie das einfach machen können!«, sagte Peter, der aus einem Becher Kaffee schlürfte. »Echt, wie können sie verlangen, dass wir heute weitermachen? Ist doch das Letzte, uns Donnerstag zu engagieren, und am Sonntag sollen wir schon auftreten.«

Justus gähnte. »Bleibt ihnen wohl nichts anderes übrig, Peter. Die neuen Musiknummern müssen schnell in die Show integriert werden. Wir haben nächste Woche Premiere. Darum haben wir ja auch zwölf Stunden pro Tag geprobt.«

Peter jammerte weiter. »Und dass sie uns geweckt haben, nur um uns Bescheid zu geben, das ist ja wohl der Gipfel!«

Justus parkte und stieg aus. »Hör mal, das war doch nur zur Erinnerung. Sie haben gedacht, wir sind schon auf. Mann, wir sind doch die beiden letzten Tage auch so früh aufgestanden für die Proben.«

»Okay, aber ich hab gedacht, ich könnte schlafen bis –«

»Bis zur letzten Minute! Immerhin hast du noch geschlafen, als ich schon auf war und mit Bob telefoniert hab.«

»Mann, dem hast du sicher auch den Tag vermasselt. Wetten, dass er erst heute früh eingetrudelt ist?«

Justus nickte. »Stimmt genau, obwohl er nicht mit einem von seinen weiblichen Fans weg war. Er ist um drei Uhr zurückgekommen. War zwei Tage in San Francisco. Aber als ich ihm erzählt hab, dass wir Buzz Newman in Verdacht haben, hat er die Löffel gespitzt. Er hat versprochen, dass er sich heute nach den Proben an ihn hängt und ihn ein bisschen aushorchen will.«

Sie traten durch den Bühneneingang und gingen sofort auf die Seitenbühne. Hinter dem schwarzen Vorhang, der vor Jim Bernardis Inspizientenpult hing, klickerte die Tastatur des Computers.

»Hey, Jimbo!«, rief Peter. »Wir sind da! Bisschen früh, aber voll in Form!«

Das Klickern hörte auf. Keine Antwort.

»Jim?«, sagte Justus. Er kam näher und zog den Vorhang zur Seite.

George Brandon drehte sich zu ihm um und legte den Finger an die Lippen. »Schhh«, machte er. »Der bringt mich um, wenn er mich hier erwischt.«

Justus senkte die Stimme. »Was machst du da?«

George deutete auf ein großes Buch mit losen Blättern, das aufgeschlagen auf dem Computertisch lag. »Das ist die schriftliche Version der Einsätze. Jim bewahrt sie hier in dem Fach unter dem Computer auf. Er hat sie schon vor Wochen gemacht und sie dann immer von Hand auf den neuesten Stand gebracht, wenn es Änderungen gab.« Er sah sich nach allen Seiten um. »Ich hab's mit dem Computerprogramm verglichen, weil ich wissen wollte, ob jemand dran rumgefummelt hat. Ehrlich gesagt, ich bin mir nicht so sicher, dass Jim nichts mit der Sache zu tun hat.«

»Ach nee«, sagte Peter, und seine Stimme klang leicht verärgert. »Und deshalb musst du –«

»Okay, Peter«, sagte Justus. Er konnte verstehen, dass Peter frustriert war. Schließlich hatte George sie mit den Untersuchungen beauftragt. »Äh, ich fürchte, die Sache ist etwas komplizierter, als du denkst, George. Wenn du nämlich versuchst, den Fall selbst zu lösen, dann hintertreibst du unsere Arbeit. Du hättest uns ja was von diesem Buch sagen können.«

George nickte. »Hab ich ja versucht. Als es mir gestern Abend eingefallen ist, hab ich sofort angerufen und auf euren Anrufbeantworter gesprochen. Habt ihr die Nachricht nicht gekriegt?«

Justus schüttelte den Kopf und stöhnte. Der Anrufbeantworter in der Zentrale hatte wohl mal wieder seine Mucken.

»Na ja, ich hab gedacht, ich komm ganz früh her, vor Jim, und könnte es euch dann später erzählen.« Er grinste. »Mann, ich weiß doch, dass ihr Jungs die Profis seid. Ich wollte euch ja nur helfen.«

»Und, was gefunden?«, fragte Justus.

George zögerte. »Äh, nein. Noch nicht. Aber ich bleib dran.«

Justus war nicht ganz überzeugt. George kam ihm irgendwie ausweichend und nervös vor. Und etwas stimmte an seiner Geschichte nicht so recht. Hielt er mit Informationen hinter dem Berg – und wenn ja, warum?

Plötzlich hörten sie Stimmen vom Gang her. George schaltete schnell den Computer aus und legte das Buch an seinen Platz.

»Hallo, schon alle da?«, ertönte Bernardis Stimme.

Er kam herein, gefolgt von Ron deJomb, Craig Jacobs und drei anderen Ensemble-Mitgliedern.

»Fast«, sagte Justus, nachdem er durchgezählt hatte. »Zwei fehlen noch.«

»Also los, dann fängt Peter an. Die Szene mit den japanischen Wänden«, sagte Bernardi. »Bis heute Abend müssen wir ja einen Star aus dir machen!«

Peter und Justus warfen sich einen Blick zu. Das würde ein langer Tag werden.

Peter probte mit einer Energie, die er sich selbst nie zugetraut hätte. Obwohl deJomb ihn mahnte, er solle sich Zeit lassen, stürzte er sich mit Übereifer in jede Schrittkombination. Er sprang wie eine Feder, und seine Hiebe saßen gekonnt.

Nachdem seine Nummer vorbei war, versuchte er, Ruhe zu bewahren. Er redete fast nichts, während noch weitere Proben liefen und schließlich die

Abendvorstellung begann. Aber als der zweite Akt dann anfing, drehte er fast durch.

Eigentlich hätte er Grund zum Lachen gehabt. Von einem günstigen Platz in den Seitenkulissen aus konnte er die Strandszene bestens beobachten. Justus, in einem aufgeblasenen, kunterbunten Wasserballkostüm, hopste auf der Bühne herum und versuchte, seine Züge unter Kontrolle zu halten.

Zack! Er schubste George auf einen anderen Schauspieler, der als überdimensionale Abfalltonne verkleidet war. Hoppla! George ließ Justus mit einem menschlichen Sonnenschirm zusammenprallen. Justus hatte mittlerweile vor Anstrengung und Scham einen knallroten Kopf. Aber die Zuschauer fanden die Nummer herrlich. Sie brüllten vor Lachen.

Während Peter zusah, wurde er von abgrundtiefer Panik ergriffen. Er hoffte inständig, dass die Strandnummer nie enden würde. Aber dann war sie vorbei, und mit triumphierendem Grinsen sprang Justus von der Bühne.

Peter klopfte ihm mit gemischten Gefühlen auf die Schulter. Ohne ein Wort standen sie beieinander, bis die ersten Klänge von *Kyoto con Moto* durch den Vorhang in den Kulissenbereich drangen.

Peter erstarrte.

»Ich kann nicht, Justus, ich kann nicht!«, flüsterte er. Sein Herz klopfte so stark, dass sein Hemd mitbebte. Seine Hände waren eiskalt und schweißnass, und er konnte das Schlottern seiner Knie nicht abstellen. »Ich glaube, ich bin krank.«

Justus lächelte. Sein Polyesterkostüm bauschte sich auf, als er versuchte, einen Arm um Peter zu legen. »Das ist eine uralte Krankheit, die Lampenfieber heißt. Du kannst mir glauben, dass es verfliegt, sobald du vor dem Publikum stehst.«

»Publikum?« Das Wort traf ihn wie ein Schlag mit dem Hammer. »Da draußen sind Menschen! Und Bob und Kelly. Sie haben viel Eintritt bezahlt. Was ist, wenn sie aufstehen und gehen, sobald ich auf der Bühne steh? Was ist, wenn sie ihr Geld zurückverlangen?«

»Jetzt hör mal zu«, sagte Justus grimmig, »wenn sie nicht gegangen sind, als ich die erniedrigende Vorstellung eines Freizeitutensils geboten habe, dann bleiben sie bis zum Ende. Das kannst du mir glauben.«

Gegen seinen Willen musste Peter grinsen.

»So, jetzt hast du wenigstens nicht gemerkt, dass dein Einsatz kommt.«

»Mein ...« Peter schluckte. Da erklang tatsächlich die heitere japanische Melodie, mit der sein Tanz anfing. Die Scheinwerfer waren heller geworden. Eine Stimme drang in sein Unterbewusstsein, eine Stimme, die aus einem knacksenden Lautsprecher zu kommen schien: »Das letzte Viertel für die Rocky-Beach-Kämpfer. Sie vergeben ihre Torchancen. Da läuft Peter Shaw auf das Spielfeld ...«

Dann ein überwältigender Aufschrei von den Tribünen. Peter sah, wie Tausende von Fußballfans aufstanden und seinen Namen riefen. Sein Blut fing wieder zu pulsieren an, sein Magen hörte auf zu flattern, sein Blick wurde klar. Die Tänzer hatten sich von der Bühnenmitte zurückgezogen.

Peter war bereit. Er atmete durch, und mit einem markerschütternden *kiai*-Ruf, der tief aus seinem Inneren kam, stürzte er sich auf die Bühne.

Die folgenden Minuten verschwammen. Er bemerkte nur, wie seine Füße und Fäuste flogen. Der Boden unter seinen Füßen schien zu weichen und wieder auf ihn zuzukommen, wenn er sprang. Er fühlte sich eins mit der Musik. Die Sorge, dass sich die Drehbühne wieder zum falschen Zeitpunkt in Bewegung setzen könnte, war verflogen.

Und dann war alles vorbei. Einfach so. Peter wusste nicht mal, ob es Applaus gegeben hatte. Irgendwie war ihm, als ob Bernardi »nicht schlecht« gesagt hatte.

Der Rest des Stückes versank in Nebel. Aber als die Vorstellung zu Ende war, merkte er immerhin so viel, dass er bei seinem Vorhang stürmischen Beifall bekam.

»JUUUH-HUUUU!« Peter drückte Kelly an sich, während er aus dem Autofenster brüllte.

»Schhhh«, machte Kelly und kicherte verlegen. Die Theaterbesucher wurden aufmerksam und schauten neugierig, wie der Pick-up den Parkplatz verließ.

Justus lachte. »Sie halten dich für einen Star, Peter. Du darfst dein Image jetzt nicht verderben.«

»Mir egal!«, rief Peter. »Ich will feiern! Ich brauch jetzt Rock!«

Er drehte das Radio an – Klassik… ein Baseball-Spiel… Nachrichten…

Er stöhnte. »Wenn Andrews jetzt dabei wäre, der hätte sicher ein paar gute Kassetten mit. Warum muss er unbedingt bei den Musikern bleiben?«

»Er kommt nach«, sagte Justus. »He, dreh mal zu dem letzten Sender zurück!«

»Oh, Mann, Justus!«, maulte Peter. »Kannst du nicht später Nachrichten hören!«

»Das war Georges Stimme!«, entgegnete Justus. »Ein aufgezeichnetes Interview.«

Peter fand den Sender. Ein Sprecher mit einschmeichelnder Radiostimme sagte: »Wie ich höre, George, hat sich trotz all der Unfälle für die Show alles zum Glücklichen gewendet. In Varieté steht sogar, dass *Gefahr im Verzug* die besten Vorverkaufsergebnisse in der Geschichte des Garber Theaters hat.«

»Das stimmt, Dan«, antwortete Georges begeisterte Stimme. »Weißt du, vor ein paar Tagen hab ich echt noch Angst gehabt, den Job zu verlieren – oder gar mein Leben.«

»Merkwürdig, wie das Leben so spielt«, sagte der

Sprecher. »Es hieß, dass deine Rolle an Matt Grant gehen sollte, und jetzt sieht's so aus, als ob ihr am Broadway landet und vielleicht sogar beim Film!«

»Schon möglich«, erwiderte George, »es scheint, als hätte der alte William Shakespeare seinen Geist aufgegeben!«

»George hört sich an, als ob alle Todesdrohungen sich in Luft aufgelöst haben«, meinte Justus.

Und plötzlich ging ihm ein Licht auf. Er trat auf die Bremse. »Ich hab's!«, rief er.

Die kreischenden Bremsen eines anderen Wagens ließen sie herumfahren.

»Was will denn der Blödmann?«, fragte Peter. »Er kann doch vorbeifahren.«

Aber Justus erkannte die Situation. »Wir werden verfolgt. Macht euch auf eine Fahrt gefasst, die ihr nicht so schnell vergessen werdet.«

Verfolgungsjagd

Justus trat das Gaspedal in den Boden. Der Pick-up schnitt den Bordstein, als er um die nächste Ecke schoss.

Peter schlug mit dem Kopf an das Wagendach. »Autsch! Was machst du? Ich muss morgen auftreten!«

»Das ist kein Spielchen, Peter!«, schrie Justus.

Er warf einen Blick in den Rückspiegel. Der Sportwagen hinter ihnen kam um die Ecke geflogen.

Kelly schaute aus dem Rückfenster. »Justus hat recht«, sagte sie und riss angstvoll die Augen auf.

»Vielleicht wollen sie ein Autogramm von mir«, witzelte Peter, aber der Spott wich schlagartig aus seiner Stimme.

Justus riss das Steuerrad nach links, und die rechte Seite des Wagens hob sich in die Luft. Kelly kreischte auf.

»Wo fährst du hin, Justus?«, schrie Peter.

»Keine Ahnung!« Der Pick-up holperte über ein Schlagloch. Peter hob schützend die Hände über den Kopf – einen Augenblick zu spät.

»Du musst runter von dieser Straße! Das Auto ist schneller als wir!«

Sie hörten das Peitschen eines Revolverschusses. »Duck dich!«, schrie Peter und drückte Kelly auf den Boden.

Justus kam ins Schlingern. Er würde es nicht schaffen. Keine Chance. Der Sportwagen kam näher. Der linke Straßenrand wies kilometerweit keine Abzweigung auf und war dicht mit den großen Bäumen eines Freizeitparks gesäumt. Die einzige Abzweigung rechts führte in einen riesigen Gebäudekomplex, ein großes Einkaufszentrum.

Mit einer scharfen Wendung fuhr Justus auf die Schranke der Einfahrt zu. Ein gelbes GESCHLOSSEN starrte ihnen entgegen.

»Jus, was machst du?«, schrie Kelly von unten. Sie hob die Arme vors Gesicht.

Ein kurzer Aufprall, dann das Krachen von splitterndem Holz. Justus beschleunigte und steuerte auf das Parkhaus zu. Sein Kopf wurde nach hinten gegen die Kopfstütze geworfen, als der Pick-up die Auffahrtrampe hochraste.

»Im vierten Stock ist ein guter Buchladen«, bemerkte Justus trocken.

»Mach keinen Scheiß!«, brüllte Peter.

Kelly klammerte sich an das Armaturenbrett und starrte durch die Windschutzscheibe. »Wir kommen da nicht mehr raus, Jus!«

»Vielleicht könnten wir sie auf einer der Ebenen abschütteln«, antwortete Justus. In Spiralen ging es höher … und höher …

Die sechste Ebene war das Dach. Sie verließen die Auffahrtrampe und kamen auf eine weite, asphaltierte Fläche, auf der mit weißen Linien Parkplätze markiert waren. Sie war total leer. Links hinten an der Wand befand sich am Ende eines schmalen Fußgängerstegs die Tür zu einem winzigen gläsernen Aufzug. Neben dem Aufzug war ein Treppenhaus.

Der Motor des Pick-up war das Einzige, was Justus hören konnte, als sie über die Parkfläche kurvten. Waren sie alleine? Er sah wieder in den Rückspiegel. Wo die Auffahrtrampe aufhörte, gut fünfzig Meter hinter ihnen, war ein schwarzes Loch.

»Ich glaube, wir haben sie abgehängt«, sagte er.

»Hervorragend« bemerkte Peter sarkastisch. »Und jetzt? Wir fahren über das Dach und landen auf der Schnellstraße?«

Justus warf einen Blick in die Runde. Schräg gegenüber lag die Ausfahrtsrampe. Er gab Vollgas und fuhr darauf zu.

Doch in dem Moment erschien in dem Ausfahrttunnel ein immer heller werdendes Licht.

»Das sind sie«, kreischte Kelly. Justus trat auf die Bremse. Die Reifen quietschten vernehmlich.

Peter wollte gerade warnen: »Tritt auf die –«

Keuchend und spuckend blieb der Wagen stehen.

»– Kupplung.«

»Danke, Peter«, sagte Justus. Er drehte den Zündschlüssel und wollte starten.

Wie die Augen einer Schlange erschienen zwei Scheinwerfer in der Ausfahrt.

Rrrrr… krsch. Der Motor blieb tot. Justus versuchte es wieder.

Rrrrr… krsch.

»Nichts wie raus!«, schrie Peter. Er packte Kelly am Arm und riss die Tür auf.

Die drei rannten auf das Treppenhaus zu. Vor ihnen torkelten ihre Schatten, die in dem aufgeblendeten Scheinwerferlicht des Sportwagens grotesk verzerrt waren.

Sie konnten es schaffen. Noch fünf Meter…

Plötzlich schwenkten die Scheinwerfer nach rechts, dann sahen sie ein metallisch glänzendes

Aufblitzen, und das Auto überholte sie. Es tat einen Ruck, als es auf den Fußgängersteg fuhr und den Eingang zum Treppenhaus blockierte.

»Ich hab einen Revolver und werde auch Gebrauch davon machen!«, rief eine raue Stimme. Beide Türen flogen auf.

Zunächst sah Justus nichts als das Schimmern einer Pistole. Er nahm die Arme hoch, und zu seiner Erleichterung machten seine Freunde das Gleiche.

Dann standen sie zwei Männern gegenüber, die dunkle Skimützen als Masken trugen. Der Fahrer hielt die Pistole. »Wer seid ihr?«, wollte Peter wissen.

»Bewegung!«, war die einzige Antwort, die er bekam. Der Fahrer zeigte mit der Pistole auf die Mauer, die rund um das Parkdeck lief.

Justus bekam einen Schreck. »Ihr habt doch nicht vor –«

»Bewegung!«, wiederholte der Fahrer. Dann bellte er seinem Komplizen einen Befehl über die Schulter zu. »Steh nicht so rum. Kümmer dich um den Pick-up.«

Trotz der Panik, die Justus ergriffen hatte, fiel ihm auf, dass der Fahrer seine Stimme verstellte. Sie klang so unnatürlich und gepresst.

Der andere zögerte, dann griff er in den Sportwagen. Er holte eine volle Schnapsflasche und zwei große Flachmänner heraus und ging auf den Pickup zu.

»Wa-was wollt ihr machen?«, stammelte Justus. »Der Lieferwagen gehört meinem Onkel!«

Der mit der Pistole lachte höhnisch. »Sehr gut. Ich hör schon die Meldungen: ›Drei Teenager – Startänzer mit Freundin und Wasserball-Darsteller – stürzen nach übermütiger Sauftour in geliehenem Wagen von Parkhausdach in den Tod. Die Elf-Uhr-Nachrichten.«

»Sauftour… wir haben keinen Tropfen…« Justus hörte was gluckern. Er drehte den Kopf und sah, wie der andere die Flachmänner über Onkel Titus' Autositze ausschüttete. »Hey, er kann doch nicht –«

»Genau, er kann nicht«, sagte der mit der Knarre. Er rief seinem Komplizen zu: »Hey! Lass was für die Kids übrig. Wir brauchen einen Rest, um ihre Promille hochzujagen!«

Der andere warf die leeren Flachmänner in den Pick-up und kam mit der großen Flasche näher.

Vor Zorn traten Peters Augen aus den Höhlen. »Ihr verdammten –« Mit geballten Fäusten holte er aus.

»Peter! Lass das!«, rief Justus.

Der Mann mit dem Revolver zielte auf Peter. »Hör auf deinen Freund.«

Schäumend vor Wut ließ Peter die Hände sinken.

»Seid doch froh. Auf diese Weise«, höhnte der mit der Knarre und entriss seinem Komplizen die Flaschen, »merkt ihr wenigstens nicht so viel.« Er funkelte Peter an, schraubte die Flasche auf und hielt sie ihm vors Gesicht. »Okay, Bruce Lee, sag Aaa!«

»Peter…« Kellys Ausruf lag irgendwo zwischen Schluchzen, Warnen und Stoßgebet.

Peter zitterte, während die Flasche seinem Gesicht näher kam. Er hatte die Zähne zusammengebissen, aber sein Blick verriet Unentschlossenheit, während er in den Lauf des Revolvers starrte. Langsam öffnete er die Lippen.

Plötzlich war ein Motorengeräusch zu hören, und der Revolverkerl drehte sich um. »Was zum –«

Ohne eine Sekunde zu zögern, bückte sich Kelly und griff an. Sie traf ihn mit einem gut platzierten Schlag genau über der Gürtellinie.

Der Kerl mit dem Revolver stieß einen überraschten Gurgellaut aus und taumelte zurück. Die Pistole flog durch die Luft. Kaum landete sie auf dem Asphalt, stürzte sich Peter auf sie wie ein Torwart auf den Ball.

»Lass sie liegen, Peter!«, rief Justus ihm zu.

Peter schaute auf und sah, wie die beiden Männer in den Sportwagen kletterten. Justus und Kelly hängten sich an die Tür, aber sie mussten loslassen, als der Wagen in Fahrt kam. Auf der Ausfahrtrampe tauchte jetzt die Ursache des Motorengeräuschs auf – ein roter VW Käfer.

»Das ist Bob!«, rief Justus überrascht.

Der Sportwagen fuhr auf den Einfahrttunnel zu. Sofort knatterte der Käfer hinterher.

Blitzschnell saßen Justus, Peter und Kelly im Pick-up, der jetzt sofort ansprang. Sie überholten den Käfer und fuhren auf die Auffahrtrampe.

»Da stand aber ›KEINE AUSFAHRT‹«, sagte Kelly. »Heißt das nicht –«

»Das ist jetzt unsere geringste Sorge!«, rief Peter.

Angeekelt von dem scharfen Alkoholgeruch verzog Justus das Gesicht. Onkel Titus würde ausrasten, wenn er das riechen würde. Justus versuchte, den Gestank nicht zu beachten, und lenkte den Wagen nach unten. Er stieß gegen die Gummileisten, die an den scharfen Biegungen angebracht waren.

Die Seitenwände endeten in fußhohen Bordsteinen, wo der Einfahrttunnel in die lang gestreckte gerade Einfahrtstrecke mündete. Gut zehn Meter vor ihnen raste der Sportwagen auf das Signal KEINE AUSFAHRT zu. Dahinter lag die Straße.

»Sie schaffen es!« Frustriert schlug Peter auf das Armaturenbrett.

Da nahm Justus plötzlich den Fuß vom Gaspedal und grinste. »Nein, sie schaffen es nicht.«

Ein wüstes Quietschen hallte durch die untere Parkhausebene. Der Sportwagen schlingerte nach links, nach rechts ... Mit einem lauten Schlag rammten die Vorderräder den Bordstein und wurden hochgeschleudert. Das Auto setzte unsanft auf, und die beiden Insassen flogen aus den Türen.

Justus bremste. Drei Meter vor den bewegungslosen Körpern kam der Pick-up zum Stehen. Der Sportwagen hing wie eine leere Wippe über dem Bordstein und schaukelte.

Jetzt konnte man die Einfahrt genau erkennen: Die ganze Breite war mit scharfen Spikes verbarrikadiert, die ihnen wie kampfbereite Schwerter entgegenstarrten. Der Sportwagen war gerade noch rechtzeitig zum Stehen gekommen.

»Hab die Dinger nie leiden können«, sagte Peter, »aber jetzt seh ich das anders.«

Justus sprang aus dem Wagen und rannte zu den Männern. Peter und Kelly folgten ihm auf den Fersen. Bob stellte seinen Käfer ab und kam angelaufen.

Justus kniete neben dem leblosen Körper des Komplizen und zog ihm die Maske vom Kopf. Vic Hammils Kopf rollte wie betrunken zur Seite.

Neben ihm zog Bob dem Kerl mit dem Revolver die Maske ab.

Jim Bernardi.

Das Spiel ist aus

Entsetzt starrte Kelly auf die beiden Körper. »Sind sie – tot?«

Justus fühlte bei beiden den Puls. »Nein. Aber ich kann mir vorstellen, dass sie sich nicht so gut fühlen, wenn sie zu sich kommen.«

»Ich ruf den Notarzt«, sagte Peter. Er lief zu dem öffentlichen Telefon gleich bei der Einfahrt.

Kelly hatte inzwischen ihren ersten Schreck überwunden und beugte sich über die Verwundeten. Stabile Seitenlage – erinnerte sie sich plötzlich an ihren Erste-Hilfe-Kurs, und dann packte sie vorsichtig, aber entschlossen zu und bettete die beiden Männer, wie sie es gelernt hatte. Vorsichtshalber blieb sie noch bei ihnen sitzen und kontrollierte Atmung und Puls.

»Das ist ja furchtbar«, rief sie den anderen zu. »Vic Hammil hab ich die ganze Zeit ein bisschen verdächtigt, aber Jim Bernardi war so ein netter Typ.«

»Ich muss euch auch noch was sagen – die zwei sind nicht alleine in die Sache verwickelt«, sagte Bob. »Du hast anscheinend recht gehabt, Justus. Ich hab mal in den Fächern von den Musikern rumgeschnüffelt und dies hier bei Buzz gefunden.« Er zog einen Umschlag aus der Tasche und gab ihn Justus.

Justus entnahm ihm ein gefaltetes Blatt Papier, das mit Zahlen und Anweisungen vollgeschrieben war. »Das sind die Einsätze und Einsatznummern – und zwar auch die, an denen kürzlich rumgefummelt worden ist.«

»Buzz steckt da also auch mit drin«, sagte Kelly. »Wieso bloß?«

Justus faltete das Papier säuberlich zusammen und steckte es in die Tasche. »Wir haben das Rätsel noch nicht ganz gelöst. Jetzt müssen wir den Rädelsführer noch hochgehen lassen.«

Peter kam vom Telefon zurück. »Die Krankenwagen sind unterwegs«, rief er.

»Klingt ganz, als ob du weißt, wer der Rädelsführer ist, Justus«, sagte Bob.

»Es gibt einen, der von den aufsehenerregenden Anschlägen auf Georges Leben am meisten profitiert.« Justus machte eine Pause und genoss die erwartungsvollen Blicke seiner Freunde.

»Wer?«, fragte Peter.

»Also, ich fang mal so herum an: Alles hat plötzlich zusammengepasst, als ich das Interview im Autoradio gehört habe – wo George sagt, wie er sich über den Kassenerfolg freut. Er hat auch erwähnt, dass er sonst wohl keinen Job mehr hätte.«

»Aber das haben wir doch schon längst gewusst«, sagte Kelly. »Er hat uns doch schon in Buds Reformkost gesagt, was der Erfolg der Show bedeuten würde: erst den Broadway, dann Filmverträge und Ruhm und Geld.«

»Und Ruhm und Geld sind für George Brandon das Wichtigste im Leben«, sagte Justus. »Das merkt man ja an dieser ganzen Selbstverherrlichung an seinen Wänden und daran, dass er eine eigene Pressestelle hat – und an der Rücksichtslosigkeit, mit der er mit Firestone über seine Rolle in der Show gestritten hat –«

In der Ferne begann eine Sirene zu heulen.

»Da sind die Krankenwagen«, sagte Bob.

Das Geräusch näherte sich schnell, dann sprangen die Sanitäter aus den Wagen, hoben die Verletzten, die immer noch bewusstlos waren, auf Tragen, schoben sie in die Wagen und fuhren nach einem kurzen Wortwechsel mit Kelly los.

»Wir wissen alle, dass Brandon total selbstsüchtig ist«, nahm Peter den Faden wieder auf. »Aber worauf willst du hinaus?«

»Bevor die Unfälle passiert sind, ist die Show doch fast abgesetzt worden. Jetzt ist sie innerhalb von zwei Wochen zu einem Riesenrenner geworden – vor der eigentlichen Premiere! Wieso?«

Peter zuckte die Achseln. »Der ganze Presserummel.«

»Ganz genau«, sagte Justus. »Presserummel. Jedes Mal, wenn was passiert ist, haben die Zeitungen sofort darüber berichtet – sogar, wenn weit und breit kein Reporter in der Nähe des Theaters war.«

Jetzt mischte sich Bob auch ein. »Also hat jemand der Pressestelle oder den Medien Informationen zugespielt.«

Justus nickte. »Jemand, dem der Presserummel eine Menge bedeutet hat. Jemand, der wusste, dass das das Einzige war, was ihn davor retten konnte, seinen Job zu verlieren.«

»George«, flüsterte Peter.

»Denkt doch mal nach«, fuhr Justus fort. »Du bist ein junger Darsteller in einer Show, die gut und gerne ein Hit werden kann. Der Erfolg, von dem du dein Leben lang geträumt hast, ist zum Greifen nah. Aber dann bist du irgendwie daran schuld, dass sich die Karten schlecht verkaufen, und es sieht gar nicht mehr rosig aus. Entweder du wirst gefeuert oder die Show wird abgesetzt – wie auch immer, du bist wieder irgendein hungerleidender Schauspieler. Was würdet ihr machen?«

Mit einem Achselzucken meinte Peter: »Automechaniker werden.«

»Man würde sich was ausdenken, um sich für den Erfolg der Show unersetzlich zu machen«, sagte Justus. »Wir wissen doch alle, dass die meisten Besucher jetzt wegen George kommen – mal sehen, was ihm als Nächstes passiert.«

»Logo«, sagte Peter.

»Ich kann das nicht glauben!«, sagte Kelly. »Wie kann er sich selbst in diese ganzen gefährlichen Situationen gebracht haben?«

»Hat er gar nicht«, erwiderte Justus. »Für die anonymen Anrufe und Briefe, die er gekriegt hat, haben wir nie einen Beweis gesehen. Er hat gesagt, dass er die Briefe weggeworfen hat – aber ich könnte wetten, dass er sie nie bekommen hat. Das Schild vor dem Theater – habt ihr nicht gesehen, dass es ziemlich weit weg von ihm runtergestürzt ist?«

»Stimmt, aber genau so, dass es vor den Fernsehkameras passiert ist!«, rief Kelly aus.

»Und die Explosion von dieser Blitzbox hat zwar

gefährlich ausgesehen«, sagte Peter, »aber sie ist zufällig gerade dann losgegangen, als George sich weggedreht hatte.«

»Buzz konnte den Zeitpunkt ja vom Orchestergraben aus steuern«, meinte Bob.

»Mit der Hilfe von Bernardi«, fügte Justus hinzu. »Und kurz danach sind wir doch zu George in die Garderobe gekommen, da hat er mit einer Ruth telefoniert. Ich konnte mir erst mal keinen Reim darauf machen, bis mir der Name von der Pressetante wieder eingefallen ist.«

»Ruth Leslie!«, rief Peter. »Er hat sie angerufen, um ihr alles brühwarm zu erzählen. Und jetzt ist auch klar, warum das Zeug über die Detektive in die Zeitung gekommen ist. George selbst hat von uns erzählt. Wir waren auch nur ein Trick, damit er ein bisschen mehr Gratisreklame bekommen hat.«

»Genau«, sagte Justus. »Und wie es aussieht, hat sich Buzz die ganze Zeit um die Computergeschichte gekümmert, hat sich ins Theater geschlichen und bestimmte Einsätze ausgetauscht – mit dem Segen von Bernardi. Als Inspizient hatte Bernardi die Gelegenheit, alles zu vertuschen.«

»Bis wir Buzz fast auf frischer Tat ertappt haben«, sagte Peter. »Ich glaube, da hat dann George den Computer übernommen.«

»Oder George hat heute Morgen die Änderungen von Buzz überprüft, als wir dazukamen«, sagte Justus. »Schließlich musste er ja genau wissen, welcher Einsatz wann kommt, sonst wär es wirklich gefährlich geworden.«

»Da habt ihr also sowohl Buzz als auch George beim Datenverdrehen erwischt«, sagte Bob. »Ihr wart ziemlich nah an der Lösung des Falles. Kein Wunder, dass sie euch heute Abend nachgegangen sind!«

»Mal langsam! Was war mit diesem Zeug, das so brannte und mit der Büste von Shakespeare?«, fragte Kelly.

Peter hatte eine Erklärung: »Erinner dich mal an den Tag, an dem George das neue Kostüm bekam. Bernardi hat die Garderobe mit einer Tüte, in der angeblich Popcorn war, verlassen. Das muss das giftige Zeug gewesen sein. Wahrscheinlich war er gerade mit seinem Sabotageakt fertig geworden. Und du wolltest das Kostüm doch gerade anfassen, weißt du noch, Kelly, als George dann den Spiegel zerdeppert hat. Das sollte dich ablenken.«

»Und den Unfall mit der Shakespeare-Büste haben George und Vic inszeniert«, fuhr Justus fort. »Das haben sie wahrscheinlich auf dem Weg zu Lovell ausgeheckt. Sie haben beide die Brötchen mit dem Zuckerguss gegessen, deshalb waren klebrige Spuren auf dem Lichtschalter und auf der Büste. George hat die Büste auf den Boden gesetzt, während Vic den Stecker rausgezogen hat. Keiner hat's gesehen, weil wir alle die Augen zuhatten.«

»Also, ich weiß nicht«, sagte Kelly. »George hatte doch eine schlimme Beule auf der Stirn.«

»Die am nächsten Tag auf wunderbare Weise verschwunden war«, sagte Peter.

»Das war wahrscheinlich Schminke«, sagte Justus. »George kann so einen roten Wachsstift in der Tasche gehabt haben und hat ein bisschen auf die Stirn geschmiert.«

»Na gut, und was ist mit der Drehbühne?«, fragte Kelly.

»Meint ihr, dass George diesen armen Tänzer ganz bewusst in Gefahr gebracht hat?«

»Blödsinn, Bernardi kontrolliert doch die Drehbühne«, sagte Peter.

Kelly nickte. »Also gut, ihr drei habt euch da so eine Theorie zurechtgelegt. Aber warum die anderen George geholfen haben, das blick ich noch nicht.«

»Vic hat wahrscheinlich um seinen Job genauso Angst gehabt wie George«, antwortete Justus. »Und ich weiß, dass Buzz hinterm Geld her ist. Er hat mit Bob über nichts anderes geredet, als er die Zentrale besucht hat. Ihr dürft nicht vergessen, es ist unheimlich schwer, als Schauspieler oder Musiker eine Dauerstellung zu bekommen.«

»Vielleicht auch als Inspizient«, fügte Peter hinzu.

Justus schüttelte den Kopf. »Das ist das Einzige, was mir unklar ist. Inspizienten haben viel Arbeit. Wie ich gehört habe, können die sich die guten Jobs aussuchen – und wenn Bernardi für so eine komplizierte Show wie *Gefahr im Verzug* eingestellt worden ist, muss er gut sein.«

Peter zog plötzlich die Stirn in Falten. »Trotzdem, der Unfall mit der Drehbühne, der stimmt irgendwie nicht. Wenn Bernardi gedacht hat, dass der Tänzer George ist, warum hat er dann die Drehbühne angeworfen? George sollte doch gerade drinbleiben in der Show.«

»Aber er war doch der Inspizient!«, entgegnete Kelly. »Er muss doch gewusst haben, dass es nicht George war.«

Bob schüttelte den Kopf. »Aber warum hat er dann riskiert, dass ein Tänzer so kurz vor der Premiere verletzt wurde und ersetzt werden musste?«

Alle drei sahen Justus an.

»Ich bin mir nicht sicher«, grinste Justus, »aber vielleicht kann ich es rausfinden. Kommt euch das bekannt vor?« Und mit dem nasalen Akzent, der direkt aus New York zu kommen schien, sagte er: *»Wänn de Bullen hiea sind, ziehn wiea Laine.«*

»Klingt wie Bernardi«, tippte Kelly.

Peter verdrehte die Augen. »Guter Zeitpunkt für Kabarett, Justus.«

»Kommt mit.« Justus nahm sie zu dem Telefon mit. Er hob den Hörer ab, warf Geld ein und wählte die Nummer von George. Peter, Kelly und Bob drängten sich um ihn und hielten ein Ohr möglichst nah an den Hörer.

»Hallo?«, kam die atemlose Stimme von George.

»Yeah«, meldete sich Justus mit Bernardis Akzent. »Ich bin's, Jim.«

»Hast du sie erwischt?«, fragte George.

»Mmhmm«, antwortete Justus.

»Puh. Gott sei Dank. Jim. Na ja, es ist natürlich schrecklich, aber du hast recht gehabt. Justus hat mich an dem Computer erwischt, und er hätte die ganze Geschichte auffliegen lassen.«

»Mmhmm.«

»Was ist mit Vic? Hast du ihn auch?«

Fast hätte Justus sich verschluckt. Die anderen starrten ihn verständnislos an.

»Sag schon, Jim! Ich krieg allmählich Magengeschwüre!«

»Yeah«, war alles, was Justus sagte.

»Einsilbig, was?« Georges Stimme ließ Sarkasmus durchhören. »Okay, ich bring morgen den Scheck mit.«

Die Worte waren ein weiterer Schock für Justus. Es ging einfach nur um Geld. Bernardi war gekauft worden.

Justus zögerte. Es schien nicht ratsam, George jetzt am Telefon bloßzustellen. Er würde bis morgen warten – im Theater, wo es die entscheidenden Leute mithören könnten.

Er sagte also nur kurz: »Bis morgen« und hängte auf.

Dann erzählte er seinen Freunden, was George gesagt hatte.

Es schien ewig zu dauern, bis sie ihre Sprache wiederfanden.

»Also, das war wohl das letzte Teilchen im Puzzle«, sagte Bob schließlich.

Peter legte die Stirn in Falten. »Aber warum war George auch hinter Vic her?«

»Vielleicht hat Vic aufbegehrt«, sagte Justus. »Er muss das mit dem Drehbühnentrick gemacht haben. Bei dem Durcheinander auf der Hinterbühne während dieser neuen Nummer hat er gut mal durchlaufen und den Hebel umschalten können. Möglich, dass er nicht gewusst hat, dass ein Ersatzmann für George in der Nummer auftrat.«

»Aber Vic hatte doch gar nichts gegen George, oder?«, fragte Bob.

»So lange nicht, bis Georges Plan so erfolgreich wurde«, erklärte Justus. »Als es dann danach aussah, dass die Show ein Hit würde, und als Matt Grant endgültig vom Tisch war, wer hatte dann wohl die besten Chancen, ein Star zu werden, wenn George verletzt war?«

»Seine Zweitbesetzung«, sagte Peter.

Justus griff noch mal nach dem Telefon. »Jetzt können wir ja wohl die Polizei verständigen. Ich bin sicher, dass sie unseren Freunden im Krankenhaus ein paar interessante Fragen stellen wollen.«

Während Justus wählte, schüttelte Kelly den Kopf. »Irgendwie abartig«, sagte sie. »Die haben so okay ausgesehen.«

»Okay, bis ihnen ihre Karrierepläne außer Kontrolle geraten sind«, bemerkte Bob.

Justus sah seine Freunde vielsagend an. »So läuft's eben im Show-Geschäft.«

Autogrammjäger

Die Brise, die durch die Tore des Gerichtsgebäudes wehte, fühlte sich ziemlich kalt an. Es war einer von den typischen Novembertagen, an denen die Temperatur in Los Angeles schon mal unter 15 Grad sinkt. Justus zog den Reißverschluss seiner Windjacke zu, während er mit Peter, Bob und Kelly zum Ausgang ging.

»Die Anwältin des verunglückten Tänzers hat George ganz schön auseinandergenommen, was?«, sagte Kelly. »Sieht aus, als ob er für den Unfall mit der Drehbühne eine Menge blechen muss.«

»Warte mal, bis ihn die Anwälte der Gewerkschaft in ihrer Verhandlung in die Klauen kriegen«, meinte Peter, »und erst die Anwälte der Sponsoren.«

»Kann man ihnen ja auch nicht zum Vorwurf machen«, bemerkte Justus. »Ein Haufen Leute haben einen Haufen Geld verloren, als die Show dichtgemacht hat – und denkt mal an all die Schauspieler, die plötzlich keine Arbeit mehr hatten.«

»Nachdem George und Vic gefeuert waren und die Gewerkschaft Bernardi gesperrt hatte und nachdem das ganze Rätsel gelöst war, haben die Leute sofort wieder das Interesse an der Show verloren«, sagte Peter. »Ich hab's echt nicht fassen können, wie schnell die Reservierungen abbestellt wurden.«

»Ich fand die Show sowieso nicht so besonders«, bemerkte Bob.

»Aber es war doch mein großer Durchbruch«, lamentierte Peter. »Und jetzt bin ich nur zwei Mal aufgetreten!«

»Oh, Mann«, sagte Justus, »den hat's erwischt, er ist theaterbesessen!«

Alle lachten.

Von draußen konnte man das aufgeregte Stimmengewirr einer Menschenmenge hören. Die vier traten hinaus in den grauverhangenen Nachmittag und blieben auf der obersten Stufe der ausladenden Marmortreppe stehen. Riesige weiße Säulen säumten das Portal auf beiden Seiten in regelmäßigen Abständen.

»Und dies Buch wird schlüssig beweisen, dass sehr dunkle Mächte aus der Vergangenheit im Spiel waren«, tönte Lovell Madeiras Stimme von links herüber. »Am vierten Januar werde ich persönlich zur Verfügung stehen, um bei Fanelli und Co. eine einmalige Signierstunde abzuhalten ...«

Dann wurde das Mikrofon an Judy Coleman abgegeben, die Fragen zu stellen begann. Vor ihnen hockte ein Kameramann.

»Der ist ja voll drauf, was?«, sagte Kelly kichernd.

»Nicht nur der«, sagte Justus. Er deutete auf einen Ring von Menschen rechts von ihnen. Mittendrin war ebenfalls eine Kamera, die auf Manny Firestone gerichtet war.

»Und was könnte geeigneter sein für einen Thriller als genau diese Geschichte?«, tönte er in das Mikrofon. »Ich hab sie erlebt – ich weiß Bescheid! Darum habe ich auch den besten Theaterschriftsteller unserer Zeit beauftragt, daraus ein Stück zu machen. Wir nennen es *Gefahr im Theater*, und es wird ein Renner! Wir fangen in einem Monat mit dem Vorverkauf an, aber man kann auch jetzt schon telefonisch reservieren!«

Peter stöhnte. »Jetzt geht das wieder los.«

»Was?«, fragte Kelly.

»Das ist nicht das erste Mal, dass jemand angekündigt hat, einen von unseren Fällen zu dramatisieren«, erklärte Justus. »Nur, dass es beim letzten Mal ein Film war.«

Aus einem der Grüppchen von Teenagern, die am Fuße der Treppe standen, tönte ein Schrei herauf. Sie stürmten die Treppe hoch und kamen auf Justus und seine Freunde zu.

»Autogrammjäger«, sagte Justus und verdrehte die Augen. »Ich hab einfach keine Lust.«

Er zwang sich zu lächeln und machte sich auf das Schlimmste gefasst. Aber alle wandten sich Peter zu und hielten ihm ihre Autogrammblöcke hin.

»Ich glaube, sie haben dich gehört, Jus«, zog

Kelly ihn auf. »Ähm – ich – nur, weil sie erst mal zu Peter –«

»Hey!«, rief ein Mädchen Justus aufgeregt zu, »du warst doch auch in der Show?«

Justus grinste Kelly triumphierend an und wandte sich an das Mädchen. »Äh, ja, stimmt. Ich hab leider nichts zu schreiben dabei –«

Bevor er weitersprechen konnte, wandte sich das Mädchen an eine Freundin und sagte: »Erinnerst du dich?« Sie streckte die gerundeten Arme zur Seite, blies die Backen auf und schielte. Dann watschelte sie auf den Stufen hin und her und sang: »Der Wasserball! Der Wasserball!«

Ihre Freundinnen fielen nach und nach ein.

Justus wünschte sich plötzlich nach Hawaii.

Peter lächelte ihm teilnehmend zu und zuckte die Achseln. »Komm, Justus, du wolltest das Baby-Fatso-Image doch schon lange loswerden.«

Justus sah den hüpfenden und watschelnden Mädchen hinterher und warf seinem Freund einen vernichtenden Blick zu. »Vielen Dank, Peter. Du verstehst es, einen Freund wieder aufzurichten.«

Die drei ???

Die drei ???

... und der Karpatenhund/
... und das Narbengesicht
ISBN 978-3-570-20040-7 (DD)

... und die Fußballgangster/
... und die Diamanten-Schmuggler
ISBN 978-3-570-21293-6 (DD)

... und der Ameisenmensch
ISBN 978-3-570-21141-0

... und der Automarder
ISBN 978-3-570-20765-9

... und die Automafia
ISBN 978-3-570-27070-7

... und der Diamantenschmuggel
ISBN 978-3-570-20994-3

... und der Dopingmixer
ISBN 978-3-570-20546-4

... und das Erbe des Meisterdiebs
ISBN 978-3-570-21373-5

... und die Fußballgangster
ISBN 978-3-570-21020-8

... und das Geheimnis der Särge
ISBN 978-3-570-20768-0

... Geheimsache Ufo
ISBN 978-3-570-21185-4

... und der gestohlene Preis
ISBN 978-3-570-20582-2

... und das Gold der Wikinger
ISBN 978-3-570-21177-9

... und der Höhlenmensch
ISBN 978-3-570-21022-2

... im Bann des Voodoo
ISBN 978-3-570-21372-8

... und die Karten des Bösen
ISBN 978-3-570-21370-4

... und der lachende Schatten
ISBN 978-3-570-21138-0

... und der magische Kreis
ISBN 978-3-570-20499-3

... und die Musikpiraten
ISBN 978-3-570-20580-8

... und der Nebelberg
ISBN 978-3-570-21371-1

... und die Perlenvögel
ISBN 978-3-570-20583-9

... und der Schatz im Bergsee
ISBN 978-3-570-20713-0

5420/47

... und die Schlucht der Dämonen
ISBN 978-3-570-27071-4

... und Spuk im Hotel
ISBN 978-3-570-20993-6

... und der Teufelsberg
ISBN 978-3-570-21180-9

... und der verrückte Maler
ISBN 978-3-570-20545-7

... und die Villa der Toten
ISBN 978-3-570-21715-3

... und der weinende Sarg
ISBN 978-3-570-20471-9

... und der Zauberspiegel
ISBN 978-3-570-21181-6

... Das Gold der Wikinger
ISBN 978-3-570-21859-4

... Der Doppelgänger
ISBN 978-3-570-21858-7

... Der Feuerturm
ISBN 978-3-570-21746-7

... Der rasende Löwe
ISBN 978-3-570-21755-9

... Der schrullige Millionär
ISBN 978-3-570-21759-7

... Die bedrohte Ranch
ISBN 978-3-570-21760-3

... Die Schattenmänner
ISBN 978-3-570-21751-1

... Schüsse aus dem Dunkel
ISBN 978-3-570-21756-6

... Die singende Schlange
ISBN 978-3-570-21754-2

... Späte Rache
ISBN 978-3-570-21752-8

... Panik im Park
ISBN 978-3-570-21739-9

... Der verschwundene Filmstar
ISBN 978-3-570-21737-5

... Der schwarze Skorpion
ISBN 978-3-570-21740-5

... Der geheime Schlüssel
ISBN 978-3-570-21741-2

... und die Musik des Teufels
ISBN 978-3-570-21742-9

... Spur ins Nichts
ISBN 978-3-570-21743-6

... Die rätselhaften Bilder
ISBN 978-3-570-22080-1

cbj
www.cbj-verlag.de

Peter Freund

Die Drachen-Bande

Die Drachenbande, das sind Jan, Einstein, Marie und Julia. Das Baumhaus »Drachennest« ist ihr Geheimversteck. Hier stecken die verschworenen Vier die Köpfe zusammen, um über rätselhaften Ereignissen in ihrer Heimatstadt Steiningen zu brüten. Denn: Mysteriöses, Spuk und dunkle Geheimnisse ziehen die Vier geradezu magisch an – und kein Fall ist ihnen zu heiß!

Im Bann des schwarzen Ritters
224 Seiten, ISBN 978-3-570-21828-0

Das Monster aus der Tiefe
224 Seiten, ISBN 978-3-570-21829-7

Der Tanz der Gespenster
224 Seiten, ISBN 978-3-570-21830-3

Das Phantom um Mitternacht
200 Seiten, ISBN 978-3-570-21831-0

5363/4

cbj

www.cbj-verlag.de